若い兵士のとき

ハンス・ペーター・リヒター作
上田真而子訳

岩波少年文庫 571

First Japanese edition published 1995,
this edition published 2005
by Iwanami Shoten, Publishers, Tokyo
by arrangement with Leonore Richter-Stiehl, Mainz.

もくじ

カバー絵　岩《いわ》淵《ぶち》慶《けい》造《ぞう》

若《わか》い兵士のとき

若《わか》きわれらは　総決起《そうけっき》！
かかげよ　旗を　いや高く！
今こそ　われらの　時は　来た
若き　兵士の　時が　来た
つづけ　名誉《めいよ》の　戦死者の
にぎりし　旗を　目標に
偉大《いだい》な　祖先《そせん》を　持つわれら
ドイツよ　祖国《そこく》よ　いま行くぞ！

作詞および作曲　ヴェルナー・アルテンドルフ

戦争を好むのは、戦争を知らないものだけだ。

ロッテルダムのエラスムス（一四六九〜一五三六）

そうなんだ、子どもが子どもでありつづけるなら、
いつまでもメールヒェンを語ってやれるんだが。
しかし、子どもたちは年をとっていくから、
そうはいかない。

ベルトルト・ブレヒト（一八九八〜一九五六）

戦争が始まったとき、わたしは十四歳《さい》だった。
終わったとき、二十歳だった。
三年間、わたしは軍人だった。
わたしが見たこと、したことは、
正当なことだと思っていた。なぜなら、
はっきりと異議《いぎ》を唱《とな》えるものは、一人もいなかったから。

ハンス・ペーター・リヒター

1　志《し》願《がん》するまで

「こんな食糧切符《しょくりょうきっぷ》、どう使えばいいか、わたしにゃわからないねえ。」祖母《そぼ》がぶつぶついいながら、大きなブリキのポットからみんなに麦芽《ばくが》コーヒーをついでくれた。そして、フルーツタルトを一切れ、ぼくのお皿にとってくれた。

「こんなこと、長くはつづくまいよ。」祖父《そふ》がなぐさめた。「うちは、たぶん、地下室にある蓄《たくわ》えでこの時期をのりこえられるだろう。だから切符なんか使わなくったっていいさ。」

と、サイレンが鳴りだした。

何度もした防空演習《ぼうくうえんしゅう》でよく知っている音、――だが、いまや戦争だ。

空襲警報発令《くうしゅうけいほうはつれい》！

祖母はいすの上で体をこわばらせ、ぎょっとした目つきでぼくたちを見つめた。それから、急に手当たりしだい目の前にあるものをつかんで引きよせた。

コーヒー茶碗《ちゃわん》やお皿がカチャカチャと音をたて、ろう引《び》きのテーブルクロスにコーヒーがこぼれた。

祖父《そふ》は跳《と》び上《あ》がって居間にかけこみ、戸棚《とだな》から書類の入ったブリキの箱をとりだして、地下室にもっておりた。もどってきながら、「試験警報《しけんけいほう》だよ、試験警報。」と、しきりに祖母《そぼ》をなだめている。そして新聞に書いてあるとおりのことをいった。「この偉大《いだい》なるドイツ帝国《ていこく》の上空を侵《おか》して敵機《てっき》が侵入《しんにゅう》してくるなんてことは、ありえんのだ！」

祖母は最初のショックから立ちなおったあとも、麻痺《まひ》したようにすわっていた。

机《つくえ》の上はまるで瓦礫《がれき》の山だ。

祖父がぼくの手をひっぱって台所からつれだした。洗濯場《せんたくば》をとおりぬけ、おそるおそる庭に出た。大きな梨《なし》の木にぴたりと身をよせて、ぼくたちはこみあった葉のすきまから空を見上げた。

よその庭にも何人か人が出ていた。国民ガスマスクの入ったケースを首にかけた人もいれば、オペラグラスで空をのぞいている人もいる。

おだやかな日だった。まわり一帯、なにごともなく静かだった。静けさをやぶるもの音はなにもない。小鳥まで声をひそめていた。澄《す》みきった青空に太陽がかがやき、一片《いっぺん》の雲もなかった。

近所の人が、あっと叫《さけ》んで指さした。

とたんに、かすかな爆音《ばくおん》がぼくたちにも聞こえた。

ぼくが最初に機影《きえい》を見つけた。

それとわからないほどの高い高い上空を、ゆうゆうと飛んでいる。

「ふん、偵察《ていさつ》しとるだけだよ。」祖父が手でせせら笑うようなしぐさをしながら、いった。

「いまに、そんなこと、できなくしてやるから！」

*

二重ドアは音もたてずにあいた。なかは広々として、からっぽという感じだ。高い窓《まど》から射《さ》しこむ光が、どっしりとした黒っぽい机《つくえ》の上に落ちている。

机のむこうの男性が立ち上がった。灰色《はいいろ》の髪《かみ》、めがね、背広《せびろ》、ネクタイ――すべての色がほどよく調和している。足音がほとんど聞こえない歩き方で近寄《ちかよ》ってきながら、ぼくにもずっとなかへ入ってくるよう手招《てまね》いた。

後ろでドアが閉《し》まった。

男は手をさしのべて握手《あくしゅ》し、ぼくに革張《かわば》りのソファーをすすめた。そして自分もすわると、すぐに尋《たず》ねた。「で、どんな用で来たんですか?」

「ぼく、仕事を探《さが》しているんです。」

男はかるく頭をさげた。「それでうちを選んでくれたんですか。これはありがたい。」また後ろにもたれて、つづけた。「仕事がはかどらなくて、困《こま》っているんだ。戦争は仕事をどんどん増《ふ》やしておきながら、一方で熟練《じゅくれん》した人手を兵隊にとりあげるんだから。——ところで、いくつですか?」

「十四歳《さい》です。」ぼくは答えた。

「身分証明書《みぶんしょうめいしょ》をもってきましたか?」

ぼくはポケットから身分証明書を出して、わたした。男は「ちょっと、失礼。」といってから開いて見、すぐにいった。「学校、まだ終えていないの?!」

「はい。まだ、在学中《ざいがくちゅう》です。休みのあいだ、こちらで働きたいんです。」

男は不審《ふしん》げに尋《たず》ねた。「今も、まだ、休み？」

「休み中に戦争が始まったから。それで、すぐに休みが延《の》びたんです、無期限《むきげん》に。」ぼくは説明した。

がっかりした声で、男はいった。「見習いから始めるつもりで来たのかと思ったのに。——残念だな！——そういうことなら、いつまで働いてもらえるか、ぜんぜん当てにできない。休み、いつまでつづくと思っているんだい？」

「戦争がすむまでつづくことはたしかでしょ。」ぼくは確信《かくしん》をもっていった。

それを聞くと男は大声でわらった。部屋《へや》がゆれるほどの大声をたてて、わらった。

＊

ぼくたちはいつもの街角《まちかど》に集まった。そこは屋根のある建物の入り口だから、雨が降《ふ》ってもぬれないですむ。地区の男の子が四、五人、ほとんど毎晩《まいばん》なんとなく集まって、戦争のことをしゃべりあった。いちばんの年上は、まもなく二十歳《さい》だった。

一人が親類じゅうのすでに軍人になっているものを数え上げた。「そいでさ、うちのおやじだけ、まだお呼《よ》びがないんだ。」腹立《はらだ》たしそうにいった。「おれ、もうがまんできないな。毎日、けんかだよ。――年齢《とし》が足《た》りたら、志願《しがん》するんだけどな。」

「ぼく、もう志願したよ。」いちばんの年長者がいった。

「きみはだめだ。採《と》ってくれないよ！」一人がいいはった。「勤労奉仕《きんろうほうし》に志願したときだって、採ってもらえなかったじゃないか！」

いわれたほうは、にっこりわらって答えた。「こんどは違《ちが》うんだ。こんどは人が必要なんだから。ぼくは健康だし。こんどはぼくだって採ってくれるさ。」そして、手をこすりあわせた。「見てろよ。ぼく、もうすぐ国防軍《こくぼうぐん》の制服姿《せいふくすがた》で現《あらわ》れるから。」

「なら、きみ、お母さんを一人にしてほうっておくのかい？」さきの少年が信じられないというふうにいった。

尋《たず》ねられたほうは、首をふって答えた。「だいじょうぶ！　軍人の母親に手をかけるなんてことはないもの。ぼくが軍服を着たら、おふくろだってもう安心だ。そうとも。ぼく、兵隊になるんだ。――そうすれば、なにもかもオーケーさ！」

ぼくは小声でとなりの子に尋ねた。「あいつ、なんでお母さんのこと、あんなにいうんだい？」

そっと答えが返ってきた。「あいつのお母さん、ユダヤ人なんだよ！」

＊

夜中の三時ごろ、電話のベルが鳴った。赤十字の看護婦《かんごふ》がねぼけまなこで受話器をとって耳にあてた。そして「はい！」といっただけで受話器をおき、気のなさそうなようすでぼくたちの方をふりむいた。「コーヒーをわかして——輸送列車《ゆそうれっしゃ》よ！」

ぼくたちはただちに寝板《ねいた》から跳《は》ね起《お》きた。ガスに点火してコーヒーの入っている大きなやかんをかけ、わくのを待った。わきたったのを玉じゃくしですくってポットに入れた。それから、その熱い、黒い液体《えきたい》をホームに運んだ。

列車はまだ着いていなかった。

女の人がたった一人、光がもれないように覆《おお》いをした明かりのもとにたたずんで、おちつかないようすで手にもった小さな包みのひもをいじくっていた。

ぼくたちといっしょに駅の奉仕《ほうし》活動をしている《ドイツ少女同盟《どうめい》》の女の子たちは、待っているあいだに寝起《ねお》きの青白い顔にお化粧《けしょう》をし、髪《かみ》をとかし、ブラウスのしわをのばしている。まもなく列車がすべりこんできた。彼女たちは、にっこりと笑顔《えがお》で迎《むか》えた。

窓《まど》から顔をのぞかせている兵隊は、ごくわずかだった。みんな疲《つか》れきった表情《ひょうじょう》で、ほとんど口もきかない。

ぼくたちはコーヒーをくばってあるいた。

赤十字の看護婦《かんごふ》たちは煙草《たばこ》をくばった。

そうするあいだに、例の包みをもった婦人《ふじん》は「ヨーゼフ・シェンカー！」と叫《さけ》びながら、車両から車両へと進んでいった。「ヨーゼフ・シェンカー！」

だが、答えは返ってこなかった。

窓ぎわの兵隊は、肩《かた》をすくめたり、車内にむかって名前を呼《よ》んでみてから首をふったりしている。

ホームに運転主任《しゅにん》が現《あらわ》れた。

婦人はそれに気づくと走りだした。もう「ヨーゼフ！」と、名前だけを声をかぎりに叫んでいる。おろおろと、興奮《こうふん》して、小さな包みをふりまわしながら。「ヨーゼフ！　ヨーゼフ！」

運転主任《しゅにん》は、ちょっとためらっているようすだった。

ぼくたちはポットをもったまま階段《かいだん》のところに立って、探《さが》しまわる女の人を見ていた。

「ヨーゼフ！　ヨーゼフ！」

運転主任が気《き》の毒《どく》そうに肩《かた》をすくめてから、発車信号を出した。

婦人は最後尾《さいこうび》の車両のそばに立ちすくみ、なおも「ヨーゼフ！」と絶望的《ぜつぼうてき》に叫んでいる。涙《なみだ》がほおをつたいおちた。

列車がゆっくりと動きだした。

「ヨーゼフ！」婦人は最後の車両について走りだした。車両との距離《きょり》がぐんぐん開いた。

「ヨーゼフ！」

そのとき、列車のまんなかあたりで、さっと窓があいた。一人の兵隊がぐっと身をのりだした。「お母さーん！」両腕《りょううで》を突《つ》き出《だ》してふっている。

列車は駅を離《はな》れ、闇《やみ》に消えていった。

ホームには、包みを手に泣きくずれる母親が、一人とりのこされた。

新聞を手に、ぼくは台所を行ったり来たりした。

「ドイツ歩兵隊はその不滅《ふめつ》の名声をまたも更新《こうしん》した。行軍はもとより、あらゆる困難《こんなん》に耐《た》えたかれらの能力《のうりょく》は、戦闘《せんとう》におけるそれにまさるとも劣《おと》らないものであった。勇敢《ゆうかん》な攻撃精神《こうげきせいしん》は、不動にして不屈《ふくつ》の忍耐《にんたい》によって強化され、およそ考えられるかぎりの危機《きき》を見事にのりこえて……」ぼくは新聞を折りたたんで背中《せなか》にかくした。そしていま読んだところをぼそぼそとくりかえした。「ドイツ歩兵隊は……」

母が窓《まど》ぎわのミシンにむかって、上着の、長すぎる袖《そで》を縫《ぬ》いこんでいた。「うろうろと歩きまわらないで！　気が散るじゃないの。気をつけていないと、針《はり》が折れるんだから。」

ぼくは机《つくえ》のそばに腰《こし》かけて、新聞をとりだした。「……その戦果は、ドイツ国防軍《こくぼうぐん》の卓越《たくえつ》した指揮《しき》、高水準《こうすいじゅん》の専門訓練《せんもんくんれん》、また最新の武器《ぶき》のおかげで勝ち取られた。味方の損害《そんがい》は、敵《てき》の甚《じん》大《だい》な損害にくらべれば信じられないほど僅少《きんしょう》であったといわざるをえない……」

「ぼそぼそいうの、やめてちょうだい！」母が叱《しか》った。「気がへんになりそう！」

ぼくはだまって先を読んだ。「……ドイツ国民は、わが国防軍《こくぼうぐん》を再び誇《ほこ》りをもって仰《あお》ぎ見ることができるのである。国防軍は、必勝の信念をもって、さらなる責務《せきむ》を果たすべく邁進《まいしん》している。」そこで新聞をわきにおき、目をつむって、頭の中で最初からずっと暗唱《あんしょう》してみた。母が不機嫌《ふきげん》な顔でふりむいた。「ねえ、何時間まえから、それ、やってるの？」

「お昼から。」

「いつになったら終わるのよ？」

「新聞の一ページ、ほとんど全部なんだもん。」

「なんだって？——一ページ全部？」母はぎょっとしていった。

「国防軍報告《こくぼうぐんほうこく》の要約。——暗記しなくちゃなんないんだ！——学校でやる勝利の祭典《さいてん》のために！」

＊

小口径《しょうこうけい》の小銃《しょうじゅう》を肩《かた》にかけて、ぼくたちは射撃場《しゃげきじょう》から帰途《きと》についた。足をひきずり、ほこりを舞《ま》いたてながら。

射撃場から街《まち》への道は、牧草地や畑をとおっていた。

ふいに、射撃教官《しゃげききょうかん》が立ち止まった。「方向はこちら、」左の方に腕《うで》をさしのばした。「距離《きょり》は百、あの草むら。」

片目《かため》をつむり、立てた親指をとおして視点《してん》を定めた。

「親指の太さ一本分右寄《みぎよ》りに、敵《てき》の狙撃兵《そげきへい》!」

そこには一匹《びき》の三毛猫《みけねこ》がいた。じっとしている。

「目標、了解《りょうかい》!」ぼくたちは習ったとおり、報告《ほうこく》した。

「急襲《きゅうしゅう》射撃《しゃげき》をする。」射撃教官が命令した。「三で発射《はっしゃ》!」

ぼくたちは銃《じゅう》をおろした。弾薬箱《だんやくばこ》から弾《たま》をつかみだし、装塡《そうてん》して、銃を前のものの肩《かた》にのせて構《かま》えた。

「一!」射撃教官がかぞえはじめた。

ぼくたちは銃口《じゅうこう》を猫《ねこ》にむけた。

「二!」

習ったとおり、引き金を作動点《さどうてん》まで引いた。

「三！」

ほとんど同時に、銃声《じゅうせい》がひびきわたった。

みごと命中！　猫《ねこ》は一メートルもの高さに跳《と》び上《あ》がった。ぞっとする叫《さけ》び声《ごえ》。そして、もんどりうって落ちた。

「成功！」射撃教官《しゃげききょうかん》は満足げにいった。「敵軍、逃走《とうそう》。」

＊

「今夜はゆっくり眠《ねむ》れるわね。」母がいった。「ここは空襲《くうしゅう》もないし、防空壕《ぼうくうごう》にも入らなくていいから。」

ぼくたちは電灯を消し、灯火管制用《とうかかんせいよう》のカーテンを寄《よ》せて、窓《まど》をいっぱいにあけはなった。それから農家の背《せ》の高いベッドによじのぼり、ほーっと息をついて、休暇中《きゅうかちゅう》の計画をあれこれ話しあった。そのうちに、いつのまにか寝入《ねい》った。

爆音《ばくおん》で、目が覚《さ》めた。

つづいて、村の学校の手回しサイレンが鳴った。ぼくたちが泊《と》まっている農家で騒《さわ》がしいもの音がしはじめた。だれかが家畜小屋《かちくごや》に走る。主人が納屋《なや》の階段《かいだん》をかけのぼる。

「ここの人たち、慣《な》れてないのよ。」母がそっとわらった。「こんなところに、なんで爆弾《ばくだん》が落ちるの？　わたしたちは寝《ね》てましょ。」

ぼくはまた眠《ねむ》った。

朝早く、まだ暗いのに、ぼくたちの部屋《へや》のドアをだれかがはげしくたたいた。すぐには目が覚めないでぼんやりしていると、母が尋《たず》ねた。「どうしたんですか？」

「起きるんだよ！」おかみさんが呼《よ》んでいる。

「まだ四時半ですよ！」母がいいかえした。

「地区農家主任《しゅにん》のとこへ、集合！」

「こんなに早く、地区農家主任のところへ行って、いったいなにをするんです？」母が問いただした。

「だれもかれも、みんな行かねばなんねえだ！」農婦《のうふ》が答えた。

「ちぇっ、なんだよ、休暇《きゅうか》の第一日だってのに。」ぼくはぶつくさいいながら、ずるずるとベッドからおりた。

地区農家主任《しゅにん》の家の前庭には、村の全住人、全泊《と》まり客が集まっていた。たいていの人が四分の一ほど水を入れたバケツをさげている。

地区農家主任は全員をグループ分けして、村の農地全域《ぜんいき》に散らばって行かせた。ぼくたちよそものは自分のグループに組み入れた。

ぼくたちは一列横隊《おうたい》にひろがって畑の上を移動《いどう》していった。

まもなく、まず地区農家主任がかがみこんだ。そして、てのひらくらいの四角い板をひろいあげ、まんなかの黄色い点を指さしていった。「ここに燐《りん》がぬってある。陽《ひ》が上がりしだい、この焼夷板《しょういばん》が発火するんだ。そうやって、あいつら、」主任はあごを空にむけてしゃくってみせた。「おれたちの収穫《しゅうかく》をだめにしようってわけだ。」

休暇《きゅうか》の第一日、ぼくは十二枚《まい》の焼夷板《しょういばん》を見つけた。母はたった三枚だった。ほかの人たちは、バケツに半分もひろってさしだした。

＊

ほんものの肉入りスープが出た。じゃがいも、グリーンピース、それにぶあつい肉が一切れ。

チョコレートプディングまでついた。ぼくたちがお客だったからだ。

食事がすんでみんなが一服《いっぷく》しているあいだに、ぼくは家畜《かちく》が見たくて小屋へ行った。すると、家畜小屋の、納屋《なや》になった二階への階段《かいだん》の下に、仕切《しき》りがしてあるのに気がついた。

仕切りのなかには捕虜《ほりょ》が一人、寝具《しんぐ》もなしの寝板《ねいた》にうずくまっていた。捕虜はぼくを見ると、ちょっとうなずいてみせた。両ひざのあいだに置いた鉢《はち》から、臭《くさ》いにおいのするキャベツのスープをすくっている。捕虜は笑顔《えがお》で話しかけてきた。かたことのドイツ語だ。「あなた、ヴァカンス(休暇《きゅうか》・訳註)?」

「フェーリエンさ。」ぼくはそれをドイツ語に直していってから、もっと近くへ寄《よ》っていった。「フェーリエン。」捕虜《ほりょ》はぼくの言葉をくりかえした。「わたし、ドイツ語、よくない。」ちょっとわらって、またいった。「どこ、あなた、来ましたか?」

ぼくが家のことを話すのを、捕虜《ほりょ》はスープをすくいながら聞いていた。

食べおわると、鉢《はち》をわきに置き、寝板《ねいた》の下からひもでぐるぐる巻《ま》いてあるザックをとりだした。ひもをといて、一包みの写真をひっぱりだし、いちばん上の写真を見せていった。「わたし奥《おく》さん、わたし子どもたち、わたし家。」そして、その二人の息子《むすこ》を指さし、ぼくを指さして、「たぶん――友だち！」そういうと、残念そうに肩《かた》をすくめた。

　ぼくはうなずいた。どういえばいいかわからなくて、その家をほめた。

　捕虜《ほりょ》はよろこんで説明しはじめた。「わたし、建築家《けんちくか》です。」そして、ほかの写真もいっぱい見せた。家や、学校や、商店や、小さな教会まであった。「わたし、建てました。」ほこらしげにいった。写真を裏返《うらがえ》して見せた。一枚《まい》一枚、裏に地名と、その下に建った年が書いてある。

　捕虜はさらに別の写真をとりだそうとした。

　そのとき、家畜小屋《かちくごや》の戸が押《お》しあけられた。

　農家の主人が家畜小屋のなかへむけて、どなった。「フランス野郎《やろう》！　なまけもの！　さあ、肥汲《こえく》みだぞ！」

＊

　爆弾《ばくだん》が庭に落ちて、小さな家はまるで紙箱のようにぺしゃんこになっていた。瓦礫《がれき》から無事にはい出したものや大勢《おおぜい》の近所の人たちは、すでに夜中から立ち働いていた。ぼくたちは昼前に呼《よ》びにこられて、手伝いはじめた。

ぼくの叔母《おば》だけはなにもしないで瓦礫《がれき》の山を前につっ立ち、泣いていた。もう三時間も泣きどおしだという。

叔父《おじ》はいっときも休まず働いていた。やっととおれるようになった地下室の入り口から、一個《こ》一個、瓦礫《がれき》をかかえてあがってくる。顔はほこりまみれ、手は血だらけ。それでも水を口にするとき以外、ひと息の休みもとらない。

老人たちが瓦礫《がれき》のなかからまだ使える品物をよりだしている一方で、近所の男たちは倒《たお》れかかった切妻造《きりづまづく》りの壁《かべ》の残骸《ざんがい》に支《ささ》えをしていた。ぼくたち残りのものは道の瓦礫をスコップで寄《よ》せて、使用可能《かのう》な煉瓦《れんが》を道端《みちばた》に積み重ねた。

叔父が地下室から一枚《まい》の板をもってあがってくると、叔母が叫《さけ》んだ。「もっと右の方よ！それ、サクランボのコンポートをおいてあった棚《たな》だから！」叔父は二、三人の男の人に助けをたのんで、いっしょにまた地下へおりていった。

ぼくもその後ろからそっとついておりた。地下室の暗闇《くらやみ》のなかには、切妻造《きりづまづく》りの壁の真下あたりに人の背丈《せたけ》ほどもの瓦礫《がれき》の山が見えるばかりだ。

「ここなんだ。」叔父《おじ》が男たちにいった。

男たちはモルタルや石のかたまりを一つ一つ反対がわの隅《すみ》に投げていった。そして、半時間後、ぼくの従兄弟《いとこ》が掘《ほ》り出《だ》された。

ぼくにはもう見分けもつかなかった。

男の人たちは変わりはてた死人のまわりに無言《むごん》で立ち、両手を前で組んだ。一人がほこりまみれになった帽子《ぼうし》をとって頭を搔《か》いた。それから、かがみこんだと思うと、ゆがんだブリキのかけらをひろいあげた。

「それ、ヒコーキだよ。」叔父が静かにいった。「この子がほしがったんだ。」そこまでいってぐっとつまり、声がふるえはじめた。「二週間まえ、この子の十歳《さい》の誕生日《たんじょうび》にプレゼントしたものだ。」突然《とつぜん》、叔父は従兄弟《いとこ》のそばの瓦礫《がれき》の山に身を投げ、あたりかまわず号泣《ごうきゅう》した。

＊

ぼくたちの車は小さな村の手前で止まった。

「下車！」運転手がいった。「到着《とうちゃく》！」ドイツ語が少しおかしい。苦労していっているのがわかる。

教師《きょうし》がいちばんに車から跳《と》び降《お》り、疲《つか》れて降《お》りてくる少年たちを助けようと、ドアのところに立った。

二日《ふつか》二晩《ふたばん》の列車の旅だった。特別列車の遅《おく》れは何時間にもおよび、最後のところはバスを使って、やっと着いたのだった。

少年たちはふらふらとよろめきながらバスから降りて、道路から分かれた歩道にかたまって立った。

そのあいだに、運転手はたくさんの荷物をおろして道ばたに積み上げた。それから教師に道を教えて、走り去った。

少年たちはトランクや箱を自分で運ばなければならなかった。

ぼくたちはのろのろと坂をのぼっていった。何度も何度も立ちどまって、ほーっとひと息ついた。

道はしだいにせまく森に分け入る小路《こみち》となり、傾斜《けいしゃ》もどんどんきつくなっていった。やっとのことで、てっぺんのホームに着いた。

所長が出迎《でむか》えてくれた。なにもかもぬかりなく用意されていた。テーブルにはごちそうがならび、スープが湯気《ゆげ》をたてている。

けれども、少年たちは食べる元気もないほど疲《つか》れていた。まだ夕日が沈《しず》んでもいないのに、ベッドに直行したがった。

所長が少年を寝室《しんしつ》ごとに組分けするのを手伝ってくれ、そのあとでぼくたちを談話室へと招《まね》いた。

ぼくはシャワーを浴びてから、教師といっしょに階下へおりていった。

教師は談話室の大きな窓《まど》のところへ行って、外をながめた。

外は、見わたすかぎり、丘と森が夕日を浴びてひろがっていた。

「ここなら、あの子たち、いい休養ができるねえ。」教師が満足げにいった。「空襲《くうしゅう》におびえることもないし。ここなら、起こされないでぐっすり眠《ねむ》れるだろう。」

窓のすぐ前で、小鳥が数羽、飛びたった。

「すばらしいな！」教師はうっとりと見とれた。大きな身ぶりでそっくりかえった。「このすべてがドイツの国土、とりもどすことのできた、ドイツの国土なんだ！」そしてもう一度確認《かくにん》するようにいった。「すばらしい！」それから、ぼくにというより自《みずか》らにいいきかせるような低い声で、計画を練りはじめた。「この土地に深く入りこんで親しくなることだな。土地の人たちに、彼らが長いあいだがまんさせられていたもの、ドイツの文化を、早くとりもどしてやることだ。ここの住民と交歓《こうかん》の夕べを催《もよお》すことにしよう。」そして声を高めていった。「地元の少年たちを招《まね》いて導《みちび》いてやることにしよう……」

「それは、あまりうまくいかないかもしれませんな。」ちょうどやってきた所長がさえぎった。「ここのものは、たいていポーランド語しか話せませんから。」

*

教師《きょうし》は黒板に公式を一つ書いた。そしてこちらにむきなおって説明した。説明しながら机《つくえ》の列のあいだを行ったり来たりした。ぼくの前の列に来て、ふいに立ち止まった。

ぼくの前の生徒はそのまま本を読みふけっていた。戦争ものだ。机の下で開いて、前からは見えないようにして読んでいる。教師がそばに来て立っていることにはぜんぜん気づいていない。「おい、」小声でいいながら隣《となり》の生徒の方にむいた。「ここんとこだよ……」隣の生徒のしゃちほこばった姿勢《しせい》、全体のしーんと静まりかえったようすにやっと気がついて、視線《しせん》をあげて教師を見た。隣の子に見せようともちあげていた本が、目にもとまらぬ速さで机の下に消えた。

「そうか、」教師はおだやかに始めた。「きみは授業なんか聞かなくてもいいと思っているんだね?! 本を読んでいるほうがいいんだね?! そうか――では成績もそれ相応《そうおう》でいいんだな!」

いわれた生徒は、両手を机についてのろのろと立ち上がった。しかし、返事はしない。

「あと三か月で卒業証書《そつぎょうしょうしょ》をもらう時期だということを、きみ、考えてみることはないのか?」

教師が質問した。

問われた生徒は、ぷいと窓《まど》の方にそっぽをむいた。

「わたしから合格点《ごうかくてん》をもらえるとは思うな。」教師はかっとなっていった。「わたしはきみの成績に応《おう》じた評価《ひょうか》をするだけだから。――それでもって、きみ、卒業できるなんて思ったら、大まちがいだぞ!」

ぼくの前列の生徒は平然としていた。人さし指で机のペン置き用の溝《みぞ》にたまったほこりをぬぐっている。

「きみのようなものは、この学校の生徒じゃないっ！」教師は大声でどなってくるりと向きをかえ、さっと教室を出ていった。

どなられた生徒は、あくびをしながら教師の後《うし》ろ姿《すがた》を見つめていた。それから、のそっと席に腰《こし》をおろし、机《つくえ》から本をとりだして、また読みはじめた。

「なんで、あんなに怒《おこ》らせたんだよ、え？」まんなかあたりの列から一人がきいた。「あんな態度《たいど》をしたら、卒業証書、だめにされちまうぜ。」

ぼくの前の生徒は本を机の上におくと、答えた。「卒業証書なんて、なんで要《い》るんだよ。おれ、もうとっくに志願《しがん》したんだぜ。」

＊

夜が明けそめるころから、彼らはやってきた。一人で、あるいは家族で。煤《すす》でまっくろになった顔、モルタルのほこりがべっとりついたままの顔。男はわなわなと手をふるわせ、女は泣きながら、かろうじてのこった全財産《ぜんざいさん》をつめたリュックサックや小さなトランクをもってぼうぜんとするばかり、視線《しせん》もさだまらない。

ぼくたち少年はみんなを冷たい大理石のテーブルに案内して、あとから荷物を運びこみ、オーバーのほこりをはらってあげてから、ほかにしてほしいことはないか尋《たず》ねた。女の子たちは幼《おさな》い子どもや赤んぼうをだきあげたり、興奮《こうふん》した女や男が爆弾《ばくだん》が落ちたときのようす、家が崩《くず》れおちアパートが猛火《もうか》につつまれたようすを話すのを、しんぼうづよく聞いてあげたりしている。

そのあいだに、赤十字の看護婦《かんごふ》たちがスープの入った鉢《はち》や熱いコーヒーを入れたコップをみんなにくばった。長いリストをもった男が一人、テーブルからテーブルへと歩きまわって、その夜の犠牲者数《ぎせいしゃすう》を調べていた。埋《う》まった人、焼死者《しょうししゃ》、行方不明者《ゆくえふめいしゃ》の名前を書きとめるのだ。助かった人たちはいっしょに防空壕《ぼうくうごう》に入っていたものを指を折ってかぞえるのだが、まちがえてばかりだ。ああああの人もいた、この人もと、まだ瓦礫《がれき》に埋《う》まっているものを思い出しては、リストをもった男を呼《よ》びもどしている。

そのたびに男はその名前をリストに書き加えていった。

レストランだったその建物のドアがあいて、ぼくたち少年は外に出るようにという命令が伝えられた。外には、スローガンの横断幕《おうだんまく》を満載《まんさい》した車が到着《とうちゃく》していた。ぼくたちは、男が犠牲《ぎせい》者《しゃ》のリストを書き上げてしまおうとけんめいになっているその真上、カウンターの上に、まず一つめを張《は》りわたした。「絶対《ぜったい》に降伏《こうふく》しないぞ！」というスローガンの横断幕《おうだんまく》だった。看護婦《かんごふ》の一人がぼくたちを台所に手招《てまね》き、残ったスープをくれた。それからパンにソーセージをのせてすすめてくれた。

リストをもった男も台所に入ってきた。リストの紙をがさがさいわせながら、「この地区だけでも五枚《まい》だ。」といった。そして、皿からオープンサンドにしたパンをとり、時計を見て、ラジオのスイッチを入れた。

ニュースは食堂の方へも流れた。

被災《ひさい》した人たちは頭をあげ、国防軍《こくぼうぐん》の報告《ほうこく》に耳をそばだてた。

ドイツ帝国領空《ていこくりょうくう》に敵機《てっき》の侵入《しんにゅう》があったことが伝えられた。損害《そんがい》は僅少《きんしょう》であったというニュースだった。

＊

彼女はとても背《せ》が高く、とてもやせていた。そして、よくせきこんだ。目が印象的《いんしょうてき》だった。

見るものすべてを自分のなかにのみこんでしまうような目だった。

ほとんど毎晩《まいばん》、ぼくたちは公営《こうえい》の防空壕《ぼうくうごう》でいっしょになった。どちらの親も疲《つか》れてうとうととしているそばで、並《なら》んで腰《こし》かけ、話をした。

その防空壕《ぼうくうごう》は大きなビルの地下で、約五百人の人が入れた。けれども夜は多くても五十人ほどの近所の人たちが中央の大部屋《おおべや》に集まってくるだけで、まわりにたくさんある寝板《ねいた》のついた小さな地下室はほとんどがからっぽだった。

ある夜、彼女はぼくの手をつかんでそんな小部屋の一つにひっぱっていった。ぼくたちはむしろの袋《ふくろ》の上に並んで腰をおろした。だれも見ていなかった。じゃまをするものはいなかった。

彼女は話をはじめた。

彼女の話を聞いていると、ぼくの疲《つか》れはすっと消えていった。彼女の話が、彼女自身はよく知っていること、けれどもぼくにはただ想像《そうぞう》するだけのことだったからだ。

彼女は話をしては、また苦しそうにいつまでもいつまでもせきをした。

まもなく、ぼくたちは防空壕《ぼうくうごう》以外でも逢《あ》うようになった。

彼女はある喫茶店《きっさてん》でウェイトレスをしていた。

ぼくはそこの常連客《じょうれんきゃく》になった。

どう工面《くめん》したのか、白パンの配給切符《はいきゅうきっぷ》を余《あま》らせて、それでぼくにケーキを食べさせてくれたりした。

夜は空襲警報発令《くうしゅうけいほうはつれい》と同時にそっとぼくたちの逢《あ》いびきの場所にいった。彼女は遅《おく》れてきた。ぼくの肩《かた》に腕《うで》をまわし、体をすりよせてきた。ぼくの髪《かみ》をなでた。

ぼくはものもいえず、彼女のそばででくのぼうのようにただすわっていた。

そして、彼女はせきこんだ。こみあげてきたものをハンカチにとってかくした。

警報《けいほう》が解除《かいじょ》されると、ぼくたちは大急ぎで中央室にいるそれぞれの親のところにもどって家に帰った。

そんなことが何週間もつづいたある日、彼女は転地させられた。防空壕《ぼうくうごう》で肺結核《はいけっかく》にかかったからだった。

＊

少なくとも十個《こ》の棒焼夷弾《ぼうしょういだん》が、大きなビル全体のあちこちで燃《も》えていた。

ぼくたちは守衛《しゅえい》といっしょに廊下《ろうか》を走りまわった。夜警用《やけいよう》の鍵《かぎ》がすぐにかみあわないところは、ドアをふみたおして入った。そして焼夷弾《しょういだん》を見つけしだい、砂《すな》をぶっかけて消した。

昼間、画家が壁紙《かべがみ》の模様《もよう》を考案するのに使っている部屋《へや》では、絵の具が刺《さ》すような煙《けむり》を部屋いっぱいに充満《じゅうまん》させていて、なかなか火元《ひもと》に近づけない。燃えている棒《ぼう》にもう少しというところまでやっと行ったとき、弾薬《だんやく》がはじけて火が部屋じゅうに飛び散った。

その火を消そうとけんめいになっている連中をのこして、ぼくともう一人は先に進んだ。

彫刻家《ちょうこくか》の仕事場に来た。爆弾《ばくだん》が一つ、シューシューと音をたて火花を散らしている。ぼくたちは棒のところをつかんで窓《まど》から外の道路へほうり投げた。床《ゆか》がまっ赤《か》になっていたので、足でこすってふみ消した。

それから、部屋を見まわしてみた。

壁《かべ》には射的小屋《しゃてきごや》のようにぐるりに棚《たな》があって、無数の塑像《そぞう》が並《なら》べられていた。兎《うさぎ》、鹿《しか》、象、女、男。ひざまずいているもの、うずくまっているもの、立っているもの、すわっているもの、歩いているもの、跳《と》んでいるもの、踊《おど》っているもの。いちばん小さいのは二十センチほど、大きいのは五、六十センチもあった。

ぼくたちは消火作業も忘《わす》れてそれらの像《ぞう》に見入った。そっと棚《たな》から手にとってみて、つくづく眺《なが》めてみたりもした。

ふいに、ぼくの相棒《あいぼう》が棚から離《はな》れ、部屋の中央まであとずさって、そこにある机《つくえ》の上から小さな粘土《ねんど》のかたまりをとりあげた。そして、爪先《つまさき》で立って手招《てまね》いている姿《すがた》の女の裸像《らぞう》めがけて投げた。像は棚の上で粉《こな》ごなに壊《こわ》れた。

「おいっ、なんだ、なにすんだよ！」ぼくは叫《さけ》んだ。

「かまうもんか。」相棒《あいぼう》はいいかえした。「彫刻家《ちょうこくか》は賠償《ばいしょう》してもらえるんだ。――爆撃《ばくげき》の損害《そんがい》だよ！」

ぼくたち二人は競争で壁《かべ》の塑像《そぞう》をやっつけた。

＊

父は新聞をわきにおいた。「待て待て。その時になるまで待つんだ。それでもまだほんとうは早すぎるんだから。だめだ、おれはそんなものに署名《しょめい》しないよ！」

「だけど、みんな、十七歳《さい》になったらすぐに志願《しがん》してるんだぜ。ぼく、臆病《おくびょう》ものだって思われちゃうよ。」ぼくはいいつのった。

「臆病《おくびょう》もののほうがいいの。それより、ほんとうにしっかりすることよ。」母もそばからいった。「よその親ごさんがとんでもないことをなさるからって、うちはしないわ！」

「ぼく、恥《は》ずかしいよ。この戦争、勝利で終わったとき、兵隊になってなかったのがぼくだけだったらどうなると思う？」ぼくは悲しくなっていった。

「まだ戦争に勝ったわけじゃない。」父がきっぱりといった。「たぶん、まだまだこんな状態《じょうたい》がつづくだろう。そして、そのうちにおまえも兵隊になる。心配するな。」

「ねえ、うちにいなさい。」母がたのむようにいった。「食べるものだって十分なように、わたしがなんとかするから。」

「うちで苦労して手に入れてくれるより、あっちのほうがずっとたくさん食べさせてもらえるんだ。」ぼくは反論《はんろん》した。「行かせてよ！　ねえ、署名《しょめい》してくれよ！」

「新聞に毎日死亡通知《しぼうつうち》が出てるの、あんたも知ってるでしょ。」母が声を落としていった。

「あんたの名前がそこに出るのを、わたしに読ませようっていうの？」

「みんながみんなそうなるってわけじゃないよ。それに、もしやられるんなら、今夜、防空《ぼうくう》壕《ごう》でだってやられるかもしれないじゃないか。」ぼくはへらず口をたたいた。

「戦争本の読みすぎだ。」父があざけるようにいった。「弾《たま》に当たるのは隣《となり》のやつだと、みんなそう思うんだ。自分が実際《じっさい》に死んでしまうまで、そう信じている。弾に当たる人間が当たるまえにそれがわかれば、戦争なんて起こりっこない。」

「そんなことをいうのは、《国防力破壊工作《こくぼうりょくはかいこうさく》》だ。」ぼくは父にお説教をした。そして、なおもしつこくくりかえした。「ぼく、将校《しょうこう》になりたいんだもん。そのためには志願《しがん》しなくちゃだめなんだ！」

父はわらった。「むかし、おれの先生で、いつもこんなことをいう先生がいたな。」話しはじめた。「学校で、もたもたしてできないやつがいると、こういったんだ。『そんなことではどんな職業《しょくぎょう》にもつけないから、少尉《しょうい》にでもなるんだな！』とね。――いいか、おまえはちゃんとした仕事につけるように勉強しろよ！　おまえの一生がかかっているんだ！」父はまた新聞を手にとった。「さあ、もうやめろ！　おれは署名《しょめい》しない！」

三週間後、父は署名した。

2　入隊後の訓練

ぼくたちは最上の軍服を着て、歌をうたいながら市中《しちゅう》を行進した。革帯《かわおび》や軍靴《ぐんか》はまるでラッカーをぬったようだった。兵舎《へいしゃ》にもどり営庭《えいてい》に入っていくと、歌声が兵舎の壁《かべ》にこだましてかえってきた。

中隊長は、歌が終わりになるまで、なおも整列位置を中心にぐるぐる行進させた。それから「全員ーっ、止まれえーっ！」と号令をかけ、部隊を上級曹長《そうちょう》にまかせて行ってしまった。

上級曹長は、声がまだ中隊長にとどきそうなあいだは無言《むごん》でいた。もうだいじょうぶとなって、やっと口をひらいた。「われわれは何週間もかけてきさまらにこの日のための訓練をしてきた。行進の仕方、気をつけの姿勢《しせい》からたたきこんでやらねばならなかった。きさまらはいま、宣誓《せんせい》もすませて、これでもうりっぱな兵隊になったつもりでおるだろう。初めての外出をさせてもらえるんだからな。……しかしだ、このおれの目で見ると、きさまらのうちには国防軍《こくぼうぐん》の制服姿《せいふくすがた》を街《まち》に見せる資格《しかく》があるとは思えんものがまだ大勢《おおぜい》おる。――そういうものを、おれがいまから選《よ》り分《わ》けてやる！」

ぼくたちは首をちぢめてできるだけ目立たないようけんめいになった。

上級曹長《そうちょう》は列にそって歩きだした。一人一人、じろじろと眺《なが》めまわしている。「鉄かぶとがゆがんでおる！　右に出ろ！」いわれた新兵《しんぺい》はためらった。

「右に出ろ！　聞こえんのか！」上級曹長がどなった。

新兵は反論《はんろん》したいのをぐっとのみこみ、わきに出た。

「そのボタン、はずしておるのか？　右に出ろ！」ほとんど二人に一人が、そうやって選《よ》り出された。

列の外に出されたものたちは、まだ列にいるぼくたちをうらやましそうに見ている。

「中襟《なかえり》は襟の縁《ふち》から麦わらの太さより多くのぞかせてはいかんのだ！　右に出ろ！」上級曹長は進むにつれて、ますます興奮《こうふん》していった。やがて、ぼくを眺《なが》めまわした。

ぼくは踵《かかと》をカチッと合わせて非《ひ》のうちどころのない姿勢《しせい》をとろうと、けんめいになった。

「おいっ、豚《ぶた》！」上級曹長がぼくにどなった。「きさま、ひげもそらずに宣誓《せんせい》をしたのか！」

ぼくはだまっていた。

「きさま、きさまは何だ？」

「豚《ぶた》であります！」ぼくは規則《きそく》どおり答えた。

「右に出ろ！」

ぼくは動かなかった。「上級曹長《そうちょう》どの、申し上げたいことがあります！」

上級曹長は眉《まゆ》をつりあげてぼくをにらんだ。

「自分はまだひげをそったことがないんであります！」

あきれたという表情《ひょうじょう》で上級曹長はぼくを見つめた。「そんなことをこのおれにわざわざ報告《ほうこく》する気か！」情《なさ》け容赦《ようしゃ》もなく吐《は》き出《だ》すようにそういい、両手をにぎって腰《こし》にあてた。「きさま、きさまは豚は豚でも雄《おす》じゃないな。雌豚《めすぶた》だ！」

「上級曹長どの、自分はまだ大人《おとな》ではないということで、ひげそり用の石鹸《せっけん》をいただいておりません。」

上級曹長はさっとメモをとりだした。「きさま、大勢《おおぜい》の前でこのおれに忠告《ちゅうこく》を与《あた》えようってのか？　後悔《こうかい》するなよ。」そして、ぼくの名前を書きとめた。「出ろ！」

こうしてぼくは新兵の期間中、一度の外出も許《ゆる》されなかった。

＊

当直下士官《かしかん》がドアを押《お》しあけてどなった。「起きろ！」全員がベッドからとび起きるのを待って、下士官はつぎの部屋《へや》へ行った。

「きょうは、ぼく、ちょっとゆっくりするよ。」隣《となり》のベッドの兵がいって、またベッドにもぐりこんだ。「朝めしに行っててくれ。そのうちに起きるから。」

ちょうどそのとき、ドアがあいた。入ってきたのは、中隊長だった。初めてのことだった。中隊長は部屋のなかをぐるりと見まわして、ぼくの隣の兵がまだ横になっているのに目をとめた。……

その兵はぎょっとして中隊長を見つめ、身動きもできないでいた。

「病気なのか？」将校《しょうこう》はするどく尋《たず》ねた。

ぼくの隣人《りんじん》は、首を横にふった。

「なぜ起きんのだ？」将校がどなった。

隣人《りんじん》はおそるおそるふとんから出てきた。

「きさま、どういうつもりだっ！」将校《しょうこう》はかっとなった。「名前をいえ！」

ぼくの隣人はねまき姿《すがた》で両手をピタリとももにあてて直立不動の姿勢《しせい》をとり、名前をいった。

将校は無言《むごん》で部屋《へや》を出ていった。ドアが大きな音をたててしまった。

「ひどいことになるぞ。」部屋の最年長者がいった。「おまえ、もう二度と目立つようなことをするなよ。それがせいぜいのとこだな。」

ぼくたちは全員、点呼《てんこ》のまえに軍靴《ぐんか》にもういちどブラシをかけ、革帯《かわおび》をもういちど磨《みが》き、ベッドを特別念入りに模範的《もはんてき》に整えて、早くも最初の笛《ふえ》で集合場所にとんでいって整列した。

「きさまら、なにをやらかしたんだ？」ぼくたちの分隊長が尋《たず》ねた。「おやじ、かっかとしとるぞ！」

なにが起こったかぼくたちが説明するより早く、もう中隊長がやってきた。

中隊長の朝礼に答礼が返され、中隊の報告《ほうこく》がなされた。

それから、ぼくの隣人が前に呼《よ》びだされた。

中隊長はその兵にいいわたした。「きさまを三日間の重営倉《じゅうえいそう》（営倉は、もと陸軍で規則《きそく》に反したものを監禁《かんきん》した懲罰《ちょうばつ》。重営倉はその重いもの・訳註)に処《しょ》す。なぜならば、きさまは当直下士官の起《き》床《しょう》命令にただちに従うという義務《ぎむ》を怠《おこた》ったからだ。」

*

丈夫《じょうぶ》な綾織《あやお》りの兵隊服を着、両手をひざの上にピタリとおいて、ぼくたちは兵員室の席についていた。

下士官が兵の公《おおやけ》の場での態度《たいど》について講義《こうぎ》していた。まず、ぼくたちが敬礼《けいれい》をしなければならない相手を数えあげた。一等兵から水泳パンツ姿《すがた》の大将《たいしょう》まで、ずらりとあった。つぎは、礼《れい》儀《ぎ》作《さ》法《ほう》についてだった。「冬だとする。オーバー姿で、手袋《てぶくろ》をはめて外出する。さあ、これはどうだ?」下士官はその質問を、目の前にいる新兵にあごをしゃくって当てた。

新兵は立ちあがり、こまったようすでぼくたちを見まわした。が、やっと思いついて答えた。

「規則《きそく》にのっとった冬の服装《ふくそう》であります。」

「ばっかやろう!」下士官はどなりつけた。「なんという卑劣《ひれつ》な考えだ。きさまらは素手《すで》で外出しなければならんのだ。手袋《てぶくろ》という手袋は、一つ残らず東部《とうぶ》戦線《せんせん》でふるえているわが戦友のものだ！　わかったか?!」

「はいっ、わかりました、下士官どの！」新兵は大声をはりあげて答え、すわった。

「しかしだ、それでも手袋《てぶくろ》をはめて外出したとする。」下士官はまたつづけた。「そして女友だちに出会ったとする。彼女が握手《あくしゅ》をしようとする。さあ、どうするか？」下士官は最後列《さいこうれつ》の一人を指名した。「きさまは年長の生徒だ。どういう礼儀作法《れいぎさほう》をとればよいか、わかっておるだろう！」

問われたものはさっと立ち上がった。「はいっ、下士官どの。自分は手袋をぬぎ、それから握手《あくしゅ》をします。」

「なっとらん！」下士官はわらいながらどなった。「まちがいだ！　きさま、それでも学校で勉強したのか！　もちろん、手袋ははめたままだ。手袋は制服《せいふく》の一部、ズボンがそうであるのと同じことだ。きさまは女友だちに出会ったら、ズボンをぬがんだろう？——それとも、きさまはぬぐのか？　あっ、はっ、はっ、はっ、……」下士官はかん高い声をあげてわらった。

生徒は顔をまっ赤《か》にして、すわった。

下士官は思う存分《ぞんぶん》わらうと、授業《じゅぎょう》をつづけた。「レストランにいて、民間人とのあいだで争いが起こったら、どうするか?」

だれもわからなかった。

「まずだな、そいつといっしょに外へ出る。見物人が少なくてすむようにだ。軍服姿《ぐんぷくすがた》の人間は特に注目されるということは、わかっておるだろう。きさまらは国防軍《こくぼうぐん》の名誉《めいよ》をその身に担《にな》っておるのだからな。――だが、外に出て、そこでそのならずものの民間人がきさまらの軍服を侮辱《ぶじょく》するようなことをしかけてくる、または、手をふれるとする。そうしたら、どうするか?」

一列目で一人が手をあげた。

「よし、いってみろ!」

「防戦《ぼうせん》します!」指名されたものが答えた。

「防戦か……!」下士官はあざけるようにいった。「……防戦するか! そやつは国防軍の名《めい》誉《よ》を傷《きず》つけたんだぞ。名誉についた傷は血をもってのみぬぐいとることができるということを、きさま、知らんのか。――つまりだ、きさまはそのふらちなやつをなぐり殺すんだ! ――殺すんだぞ。もし死ななかったら、あとできさまに不利な証言《しょうげん》をすることになるからだ。」

＊

来る日も来る日も、正午、ぼくたちはぬれた泥《どろ》だらけのズボン姿《すがた》で野外演習場《えんしゅうじょう》からもどってきた。どろどろの体で、それでも歌をうたいながら、兵舎《へいしゃ》の門をくぐる。

解散《かいさん》のあとは食事をめぐっての修羅場《しゅらば》だ。最も足の速いものは行列の先頭に並《なら》び、最も力の強いものはあいだにわりこむ。

みんな大急ぎでかきこむ。早く食べおわったものが洗濯場《せんたくば》の場所をとることができるからだ。たいていのものは昼休みを洗濯場ですごした。水をせきとめて乗馬ズボンをつけ、汚《よご》れた箇《か》所《しょ》を硬《かた》いブラシでごしごしこする。

おそく来たものは洗濯場がいっぱいだから、夜、一切《いっさい》が終わって他のものが外出するころにズボンの洗濯をしなければならない。

どんじりになったものは夜中にまだ洗濯場でうろうろしていた。

ぼくたちは兵員室の隅《すみ》から隅にロープをはりわたし、ポタポタと水のたれているズボンをかけて乾《かわ》かした。ここでもまた、少しでもよく乾きそうな窓《まど》ぎわをとろうと、争った。

しかし、昼に洗おうと夜に洗おうと、窓《まど》ぎわに干《ほ》そうと奥《おく》の隅《すみ》に干そうと、ズボンは乾《かわ》いたためしがなかった。布《ぬの》がぶあつすぎたし、つぎの演習《えんしゅう》までの時間が短かすぎたのだ。ときどき、ぼくたちは夜もストーブを焚《た》いた。それは禁《きん》じられていたことだが、少しでも乾いたズボンをはきたかった。だから夏の夜は、むんむんとしめった暑さのなかで眠《ねむ》った。

翌朝《よくあさ》、当直下士官は臭《くさ》いにおいに鼻をしかめた。

一方、ぼくたちはごわごわの乗馬ズボンに脚《あし》をつっこむ。夏の太陽のもとでさえふるえるほど、まだしめっていた。こうして、ぼくたちは、しめった、しかし汚《よご》れはおちたズボンをはいて、また野外演習に出ていった。

＊

もう一時間近く、ぼくたちは兵員室の窓《まど》ぎわに立って営庭《えいてい》を見下ろしていた。歯ぎしりしながら、そこで行われていることを見ていた。

下の営庭で、分隊長である下士官がぼくたちの分隊中最も強い兵に《しごき》をかけていた。整列のときに、うっかりして小銃《しょうじゅう》を地面に落としたからだった。

最強のその兵は背《せ》は低かったが横幅《よこはば》があり、仲間の二人をいっぺんに背負《せお》えるほどの力があった。だがいまはひざをついて営庭の砂《すな》のなかをやっとのことではいまわっている。下士官は外出の用意がととのったかっこうで両手を腰《こし》にあててその場の端《はし》につっ立ち、大声でぼくたちの仲間のその兵に命令を発しつづけていた。ピカピカに磨《みが》かれた軍靴《ぐんか》を汚《よご》したくないから、ほとんど動かない。

仲間のその兵は、まるでオットセイのようなかっこうで地面をはっていた。汗《あせ》と泥《どろ》で上着がべっとりくっつき、顔も泥まみれだ。一瞬《いっしゅん》、力つきて地面に倒《たお》れる。また下士官の声で跳《は》ね起《お》きる。

きっかり一時間で下士官は罰《ばつ》の訓練を終えて罪人《ざいにん》をひきさがらせ、くるりと向きをかえて営庭から出ていった。

分隊最強のその兵は、しばらくのあいだ広い営庭にたった一人、じっと動かなかった。やがて一歩あるこうとしたが、よろよろとその場にくずおれた。

ぼくたちは全員、かけおりて助けあげた。

彼はもう歩くこともできなかった。

四人がかりでかついで兵員室につれてかえり、ベッドに寝《ね》かした。彼は目をつむったまま、うめいた。いつもは赤い顔が、まっ青《さお》だ。みんなで軍靴《ぐんか》をひっぱり、服をぬがしてやった。洗面所で手拭《てぬぐ》いをぬらしてきて、胸《むね》や額《ひたい》におい た。

ようやく気がついた。しばらくあたりを見まわしていたが、やがて堰《せき》を切ったように泣きだした。子どものように泣きじゃくった。両手をげんこにかためた。涙《なみだ》をぽろぽろこぼしながら、くいしばった歯のあいだから叫《さけ》ぶようにいった。「あの野郎《やろう》！——あの野郎！」怒《いか》りに身をふるわせ歯ぎしりしながら、何度も何度もくりかえした。「あの野郎！」ぼくたちはやっきになって鎮《しず》まらせようとした。

ふいに、彼はベッドの上で上体を起こした。両ひじをついてぼくたちをぐるりと見まわすと、はっきりと、大声でいった。「もしあいつに前線で出会ったら、撃《う》ち殺《ころ》してやる！」

＊

この仕切りには中襟《なかえり》、別のにはシャツ、三つめのにはパンツ、——みんな、新品が積んである。ぼくたちはその棚《たな》にそって長い列をつくって立っていた。手を伸《の》ばせば、山と積まれたそれらのものを簡単《かんたん》につかみとることができる。

しかし倉庫《そうこ》担当《たんとう》の下士官が目を光らせていた。絶《た》えずぼくたちの方をじろじろ見ている。向こうにむいて背中《せなか》を見せることは絶対《ぜったい》にしなかった。

列はゆっくりと部屋《へや》のむこうの端《はし》へと動いていた。

そこに、書記がたった一人で机《つくえ》にむかっていた。書記は、綿密《めんみつ》に、厳格《げんかく》に記帳していた。一人一人の名前のところに支給《しきゅう》した品物を印で書き入れる。それからそれをぼくたちの軍人手帳に記入し、最後に冬の装備《そうび》にそなえて一人に一つずつ毛の腹巻《はらまき》をわたす。

ぼくは、ランニングシャツをおいてある仕切りがどこか、気づかれないようにちらちらと視《し》線《せん》を投げてさがしていた。

と、そのとき、書記の声がとんだ。「下士官どの、こいつ、軍人手帳によれば、すでに腹巻を一つ所有しておりますが。」

「いいえ。」その兵があわてて否定《ひてい》した。「それはなにかのまちがいで記入されたものにちがいありません。自分はまだ一度も腹巻を支給《しきゅう》されていないのであります。」

「軍人手帳を見せてみろ。」倉庫《そうこ》担当《たんとう》の下士官はそういって、その場から二、三歩、はなれた。そして記入されたページに目をやった。

その瞬間《しゅんかん》、ぼくたちの目がいっせいに輝《かがや》いた。

一人がまっ先に手を出し、ハンカチを三枚《まい》さっとつかんでズボンのなかにねじこんだ。

ぼくはランニングシャツのおいてある場所をまだ発見していなかった。

ぼくの前の兵が靴下《くつした》に手を伸《の》ばした。ところが、一足《そく》とるかわりに一束《たば》ぜんぶを棚《たな》からかすめとってしまった。ぎょっとしてどうしていいかわからず、その兵はその大きすぎる獲物《えもの》を手にもったまま、立ちすくんだ。

だれかがくくってあるひもをひきちぎった。

一ダースの灰色《はいいろ》の毛の靴下が床《ゆか》に散った。

倉庫《そうこ》担当《たんとう》の下士官がページから顔をあげたときには、靴下は一つのこらず長靴《ちょうか》のすきまやズボンのポケットや兵隊服の背中《せなか》などに押《お》し込《こ》まれて消えていた。

夕食後、ぼくはあの列にいた一人から、毛の靴下二足と交換《こうかん》で、ランニングシャツ二枚を手に入れた。

＊

何日かまえから、二枚《まい》の毛布《もうふ》をかぶっても寒くて眠《ねむ》れないほどの冷《ひ》え込《こ》みがつづいていた。

夜、ぼくは兵員室をとくにていねいに、徹底的《てっていてき》に掃除《そうじ》した。あらゆるところのほこりを拭《ふ》きとり、すでに寝《ね》ているほかの兵の衣服箱をきちんと置きなおすことまでした。ストーブはつけたままにした。

当直下士官がぼくたちの階を兵員室から兵員室へ巡回《じゅんかい》してきた。しだいに近づいてくる。左の二つむこう……、隣《となり》……

ドアがさっとあいた。

ぼくの目の前に鉄かぶとをかぶった当直下士官が立ち、当番兵としてのぼくの報告《ほうこく》を待っている。

ぼくは決められたとおりの文句《もんく》を一本調子でいった。

当直下士官はぼくの服装《ふくそう》をじろじろと見た。言いがかりをつけるようなことが見つけられなかった当直下士官は、うさんくさそうに二段《だん》ベッドの列のあいだをとおって窓《まど》ぎわへ進んだ。

みんな、まだ起きていたが、眠《ねむ》ったふりをしていた。

当直下士官は人さし指で窓枠《まどわく》の下をすっとこすり、その指先をていねいにながめた。「……うん、まあまあだ！」

ぼくはほっとした。

出ていくまえに、ロッカーを一つしらべた。そこは、ストーブのそばだった。当直下士官ははっとしたようすで手をとめ、ふりむいたとおもうと、ストーブのはね蓋《ぶた》をぱっとあけた。「ははあん！」満足げにいった。そして、ぼくにむかってどなった。「どうして火を消さんのだっ？」

ベッドに入っている仲間がうす目をあけた端《はし》から、下士官とぼくを見ている。

「寒くてたまらなかったからであります！」ぼくは説明した。

「火事の恐《おそ》れ並《なら》びに健康上の理由から、帰営《きえい》ラッパとともにすべての火を消しストーブの灰《はい》をかきだすことという規則《きそく》を、きさま、聞いたことはないのか？」当直下士官がぞっとするような冷《ひ》ややかさで質問した。

「聞いております、下士官どの！」

当直下士官はゆっくりと灰の取り出し口をあけ、灰受けを引き出した。そして、悠然《ゆうぜん》とした足取りで部屋《へや》じゅうを歩きまわりながら、灰をまんべんなく床《ゆか》にまいてまわった。小さな火花が床のうえで飛び散り、灰のほこりが部屋じゅうに舞《ま》い上がった。たちまちみんながせきをしはじめた。

部屋のまんなかまで来ると、残りの灰をぜんぶそこにあけて、さっと出ていった。

ぼくはせきこみながら、灰とほこりのなかに立ちすくんだ。

当直下士官がまたドアを細めにあけてのぞき、ぼくにむかってどなった。「兵員室を完璧《かんぺき》に掃除《そうじ》しおえたら、ベッドに入ってよろしい！」

＊

ぼくの長靴《ちょうか》は新品だった。何時間もかけてクリームをぬりこんだおかげで革《かわ》がやわらかくなり、足によくなじんで痛《いた》いところはひとつもなく、長い行進をしてもだいじょうぶになっていた。

命令の伝達の際《さい》、靴《くつ》の点検《てんけん》のあと兵営内《へいえいない》の事務室《じむしつ》に出頭《しゅっとう》すべしという命令がぼくに出ていることを知った。

被服廠《ひふくしょう》(軍の衣類に関する部署《ぶしょ》・訳註)の下士官は一足《そく》一足ていねいに検査《けんさ》した。虫のいどころがわるいと、靴底《くつぞこ》の釘《くぎ》のあいだにのこっている汚《よご》れを見つけだしたり、甲《こう》の部分の縫糸《ぬいいと》がもっと白くできるはずだと文句《もんく》をつけ、その落ち度のあった兵を兵員室に走らせて手入れのしなおしをさせた。

ぼくの靴《くつ》は合格《ごうかく》だった。

文句をつけられなかった靴は、一足ずつひもでむすびあわせて被服庫《ひふくこ》にもっていくことになっていた。

「下士官どの、」ぼくはたのんだ。「自分は、この長靴《ちょうか》、このままもっていたいのでありますが、よろしいでしょうか? 自分は今週中に教科訓練の方に配置《はいち》転換《てんかん》と決まっているのであります。」

しかし下士官は有無《うむ》をいわせなかった。「長靴はすべて被服庫《ひふくこ》に返却《へんきゃく》すべし! これがおれの命令だ!」

そのあと、命令どおり、ぼくは上級曹長《そうちょう》のもとに出頭した。ぼくは短靴《たんぐつ》をはいていた。

「長靴《ちょうか》はどうした？」上級曹長《そうちょう》が尋《たず》ねた。

「被服庫《ひふくこ》に返却してきました、上級曹長どの。」ぼくは答えた。

「ばかもの！　おまえは教科訓練に行くことになっておるのを知っとるだろうが。今夜出発だぞ。おまえのために、また被服庫をあけねばならんじゃないか。」

被服廠《ひふくしょう》の下士官はぼくが行くと腹《はら》をたてて、鼻息も荒《あら》く応対《おうたい》した。「なんて愚鈍《ぐどん》なやつだ。なぜ、そういわなかったんだ！」そういって無数に集められた長靴の山のところへぼくをつれていった。「さあ、一足《そく》とれ！　だが、早くしろ。おれは約束があるんだ。早く、早く！」

ぼくは捜《さが》した。捜しに捜した。とうとう追い出されるまで捜したが、あのぼくの長靴を見つけることはできなかった。

＊

下士官はぼくを頭のてっぺんから爪先《つまさき》までじろじろと眺《なが》めた。

ぼくに好感をもっていないことが表情《ひょうじょう》に出ていた。「ふん、そうか。きさま、おれの分隊に配属《はいぞく》されたんだと？　それで、きさまは士官候補生《しかんこうほせい》なんだな。」そう念を押《お》しながら、顔に息がかかるほど近寄《ちかよ》ってきて、尋《たず》ねた。「きさまをつかんでもよいか?」

「はいっ、下士官どの!」

下士官はぼくの左胸《むね》のポケットのボタンをつかむと、ぐいっと引きちぎった。「ポケットは閉《と》じずに任務《にんむ》につく、——これがおれの趣味《しゅみ》だ。」にやにやしながらそういった。そしてボタンをもったまま三歩後退し、腕《うで》を大きくふりまわしたと思うと、ぼくの前方の地面めがけて投げた。「その位置にいって、伏《ふ》せ!」ぼくにどなった。

ぼくは隊列から離《はな》れ、ボタンのそばに行って規定《きてい》どおりに伏せた。

「前進!」下士官の命令が飛んだ。

銃《じゅう》を両手でしっかりともち、両ひじと両ひざとでしめった砂《すな》のなかを前進した。練兵場《れんぺいじょう》の端《はし》まで進むと、下士官が叫《さけ》んだ。「もどれ!」

また同じ姿勢《しせい》でもどった。

「気をつけ!」

下士官にピタリと視線《しせん》を当てて跳《は》ね起《お》き、気をつけの姿勢をとった。軍服《ぐんぷく》は砂だらけだ。

「銃《じゅう》を見せろ!」

銃をさっとささげもち、下士官の方へさしだした。

「銃身《じゅうしん》の中を見せろ！」下士官が要求した。

銃口《じゅうこう》のカバーをはずし、セーフティを引《ひ》き抜《ぬ》き、銃を高くもちあげる……

下士官は銃身をのぞいてどなった。「砂！　銃身の中に砂が入っておる！　それがきさまの武器《ぶき》の扱《あつか》い方《かた》か！」それから銃を組み立てさせ、また砂地へと追い立てた。

ぼくは、閲兵式《えっぺいしき》の行進をし、走り、跳《と》び、匍匐前進《ほふくぜんしん》をし、地中にもぐり、捧《ささ》げ銃《つつ》をし……

半時間後、下士官はぼくを分隊の前に立たせた。鉄かぶとはずり落ち、髪《かみ》の毛はひたいにくっつき、汗《あせ》が顔じゅうを滝《たき》のように流れ、はあはあとあえぎ、中襟《なかえり》は襟からはずれてぶらさがっていた。体を動かすたびに軍服《ぐんぷく》から砂がこぼれ落ちる。手がふるえて銃が落ちそうになる。ひざを伸《の》ばして立っていることはもう不可能《ふかのう》だった。

下士官はカラカラと大笑いした。ひざをたたいていった。「きさまのような弱虫が、将校《しょうこう》になろうってのか！」

＊

「戦車防御坑《ぼうぎょこう》というものは、十分の深さに掘《ほ》ってあれば、そして、なかで正しい姿勢《しせい》をとっておるならば、なんの危険《きけん》もなく戦車をして頭上を通過《つうか》せしめうるものである。」少尉《しょうい》は説明した。

ぼくたちは人の背丈《せたけ》ほどの深さがあり肩幅《かたはば》の広さがある足もとの穴《あな》を眺《なが》めた。

「この戦車防御坑《ぼうぎょこう》は規定《きてい》どおりに掘られておる。」教官であるその少尉が保証《ほしょう》した。「さあ、一番にやってみる勇気のあるもの？」

ぼくたちの分隊から一人が申し出た。そして、穴に入ってしゃがんだ。

少尉はなおいくつかの指示《しじ》を与《あた》えた。さらに、落ちてくる泥《どろ》よけにテント布《ふ》をわたしてもやった。勇敢《ゆうかん》なぼくたちの仲間が穴の底で正しい姿勢《しせい》をとったのを見届《みとど》けて、少尉はぼくたちをさがらせた。

合図を受けて、乗員たちが小型の古い戦車のなかに消えた。すべてのハッチがしめられ、エンジンがうなりをあげた。重い箱型の戦車がガタゴトと動きだした。

ぼくたちはにやにやしながらその「練習用怪物《かいぶつ》」を見つめていた。

戦車は防御坑《ぼうぎょこう》にむかって進んだ。右のキャタピラーが穴の真上に来た。と、右は止まり、左だけが進んだ。戦車は轟音《ごうおん》をたてながらゆっくりと防御坑の上で方向転換《ほうこうてんかん》をした。砂地の地面が挽《ひ》き臼《うす》をかけられたように沈《しず》んだ。

突然《とつぜん》、すさまじい叫《さけ》びがあがった。戦車の轟音《ごうおん》をしのいで、耳をつんざく悲鳴。そして、やんだ。

少尉《しょうい》があわてて手をふりまわした。

てっぺんの砲塔《ほうとう》ハッチがあいた。戦車はなおも半周して、やっと穴からはなれた。

ぼくたちは必死で土くれをかきわけて仲間を助け上げた。規定《きてい》どおりにつくられたという戦車の防御坑《ぼうぎょこう》から掘《ほ》り出《だ》された仲間は、気を失っていた。

右腕《うで》が挽《ひ》きつぶされていた。ばらばらになった骨《ほね》と、血まみれの肉塊《にくかい》と、引きちぎられた軍《ぐん》服《ぷく》とになって、肩《かた》からぶらさがっていた。

*

教官は肩《かた》にかついだ等身大《とうしんだい》のわら人形をいかにも親しげにぽんぽんとたたいた。「いまからこの戦友さんのはらわたをちょっくら切《き》り裂《さ》かせてもらうことにしよう。」おだやかな調子でそこまでいうと、語気を鋭《するど》くして命令した。「着剣《ちゃっけん》！」

ぼくたちは光る銃剣《じゅうけん》を鞘《さや》から引《ひ》き抜《ぬ》き、カービン銃《じゅう》の銃口《じゅうこう》近く所定《しょてい》の位置にさして、カチャンと音がしてはまるまで押《お》し込《こ》んだ。教官はぼくたちの分隊の一人から銃を取り、剣付鉄砲《けんつきでっぽう》での肉薄戦《にくはくせん》を実演《じつえん》してみせた。「ただ突《つ》き刺《さ》すんじゃないぞ。剣付鉄砲をもって敵《てき》に突進《とっしん》して体当りするんだ。ぐさっと入りこんだら、銃床《じゅうしょう》をぐいっと外にむける。」

ぼくたちの顔がゆがんだ。みんなまざまざとその様相《ようそう》を思い浮《う》かべたのだ。そして、けんめいに息をのみこんだ。

「ぐいっとまわしたら、きゃつの太鼓腹《たいこばら》から銃剣《じゅんけん》を引《ひ》き抜《ぬ》く。それからお別れに銃床《じゅうしょう》でもって横っつらをひっぱたいてやる。——それで、終わりだ！——そして、つぎの番とくる！——わかったか⁈」

「はいっ、わかりました、下士官どの！」ぼくたちは声をはりあげて答えた。

下士官は満足げにうなずいた。

「では、始める！」

一人、また一人、ぼくたちはわら人形に突進《とっしん》し、突《つ》き刺《さ》し、銃床《じゅうしょう》でなぐった。

下士官はそばに立ってぼくたちの攻撃《こうげき》を鑑定《かんてい》した。「突進《とっしん》！　突《つ》け！　思いきってやれ！」などとけしかけている。

ぼくたちはわら人形が使えなくなるまで、練習した。

「よーし！　よくやった！」教官はほめてから、いった。「半円に整列！」

ぼくたちは教官を囲んで半円に並《なら》んだ。

「そこでだ、いよいよ肉薄戦《にくはくせん》の奥義《おうぎ》を授《さず》けてやろう。」ふくみ笑いをしながらいいはじめた。「いいか、わら人形なんてものでやるのは、ばかげたことだ。実際《じっさい》には、きさまら、もっとしっかり突かねばいかん。――目の前の敵《てき》はおそらくズボン下を三枚《まい》もはいておるだろう。それを突きとおさねばならんのだ！　いいか、そこからだ。突《つ》き刺《さ》されたやつは、きさまらの銃《じゅう》にもたれかかってくる。であるから、突き刺したらすぐに引《ひ》っこ抜《ぬ》いて、ずらかるんだ。これは、つぎの敵をやっつける武器《ぶき》を確保《かくほ》するためだ！」

＊

「今日は、おれ、もう着かえたんだ。一番だぞ。」昼食のとき、ぼくの隣《となり》の兵がいった。ぼくたちほかのものが、長ズボンをぬいで乗馬ズボンにはきかえるために食堂からなだれをうって兵員室へと急いでいる一方で、彼は下にはいてきていた長靴《ちょうか》に長ズボンの裾《すそ》を押《お》し込《こ》むだけですませたのだ。そして、ひざの上のものものあたりを少しふくらませると、実際《じっさい》、乗馬ズボンに似《に》た形になった。

馬術《ばじゅつ》教官は、ごまかしの乗馬ズボンで現《あらわ》れた彼を見ると、にやっとしただけだった。教官は、もっとも恐《おそ》れられていた気性《きしょう》の激《はげ》しい馬を彼にあてがった。それから、ぼくたち全員を馬にまたがらせた。

馬はおちついて馬場《ばば》をぐるぐるまわった。馬術教官の命令にひたすら従《したが》い、囲いの際《きわ》からはなれずに進む。何周かしたのち、「速歩《はやあし》！」の号令がかかった。馬はただちに速度をあげた。馬の動きに調子をあわせなかったものは、激《はげ》しくゆさぶられた。ぼくの前を、食卓《しょくたく》の隣人《りんじん》が駆《か》けていた。

ぼくは彼の脚《あし》を見ていた。長靴に押し込んであった長ズボンが少しずつ出てきた。騎手《きしゅ》が鞍《くら》の上であちこち動くたびに、ずるずると上がっていく。

馬術教官は馬場のまんなかで腕組《うでぐ》みをしてつっ立ち、ぼくたちを観察していた。

一周、また一周、馬はおがくずのなかを駆《か》けていく。食卓《しょくたく》の隣人《りんじん》の脚《あし》は長ズボンがももまでたくしあがってこぶし大の輪になった。そして、いまや白いズボン下までがずるずると上がりはじめた。

彼は痛《いた》みに顔をしかめながら、馬を駆《か》っていた。馬は速度をゆるめることなく、定められたコースを駆けていく。

灰緑色《かいりょくしょく》のズボンと白のズボン下とがたくしあげられて、腕《うで》の太さもある二つのドーナツになった。ドーナツの下から、素脚《すあし》の上を血が長靴《ちょうか》に流れおちている。

馬上の彼は、必死で鞍《くら》にしがみついていた。もはや馬を駆《か》ることはできず、馬にほうり上げられほうり落とされるばかりだ。

だが、騎行《きこう》はいっこうに終わらなかった。

白いズボン下の見えている部分が赤く染《そ》まってきた。馬上では騎手《きしゅ》がべたりと伸《の》びて、たてがみにしがみついている。

やっと、馬術教官が馬を停止《ていし》させた。

血まみれになった彼は、息も絶《た》え絶《だ》え、馬からすべりおりた。

「次回の乗馬訓練には、きさま、なにをはいてくるのかね？」教官が尋《たず》ねた。

「乗馬ズボンであります、軍曹《ぐんそう》どの！」ぼくの食卓《しょくたく》の隣人《りんじん》が答えた。

「すぐに服装《ふくそう》を正してこい！」馬術《ばじゅつ》教官は命令した。「もういいかげんに、乗馬の授業《じゅぎょう》を開始したいんだ！」

3　出征《しゅっせい》まえの休暇《きゅうか》

前線に送られるまえに、休暇《きゅうか》が与《あた》えられた。

駅から祖父《そふ》の小さな家へ行く途中《とちゅう》、ぼくはわが家のアパートのところで降《お》りた。右も左も瓦礫《がれき》の山だった。だが、ぼくたちのアパートの前壁《まえかべ》はまだあった。窓《まど》のあったところが大きな穴《あな》になってぽっかりと口をあけている。ぼくの部屋《へや》だったところだけは、まだ十字の窓枠《まどわく》がのこっていた。その奥《おく》はからっぽで、なにもない。アパートの入り口から焼《や》け跡《あと》のごみが歩道まであふれ出ていた。

祖父の小さな家はまだ無傷《むきず》で立っていた。母はそこの屋根裏部屋《やねうらべや》にのこった家財《かざい》をつめこんで、わずかなすきまに住んでいた。

祖母《そぼ》がぼくを迎《むか》えた。けれども、すぐに困《こま》った表情《ひょうじょう》になった。そして戸棚《とだな》から食糧切符《しょくりょうきっぷ》の束《たば》を出してきた。台紙の一枚《まい》をのこすだけで、あとはみんなちぎり取られている。「なんにも食べさせてあげられないんだよ。」祖母《そぼ》はいった。「のこってるのはこれだけなんでね。」

ぼくは時計に目をやってから、いちばん近い食糧切符《しょくりょうきっぷ》の取扱所《とりあつかいじょ》がどこか尋《たず》ねた。走っていって、やっとまにあった。その日の休暇用《きゅうかよう》切符をもらえたのは、ぼくが最後だった。もどってきたときには、店はもうどこも閉《し》まっていた。

祖母はぼくの切符をとりあげて、自分の切符といっしょにした。

ぼくは待った。

暗くなりはじめたころ、母がやっと仕事から帰ってきた。父が召集《しょうしゅう》されたあと、母も働くことを義務《ぎむ》づけられているのだ。

定年で家にいた祖父も、またもとの職場《しょくば》に駆《か》り出されていた。祖父はもっとおそくなって帰ってきた。

それから、みんなで食卓《しょくたく》についた。じゃがいもを皮のまま茹《ゆ》でたものと、一人に一枚《まい》ずつのじゃがいもまじりのパンにマーマレードをぬったものだけだった。

ぼくは話をさせられた。みんなはあくびばかりしていた。

みんな空襲警報《くうしゅうけいほう》が出るのをいまかいまかと待っていた。

＊

休暇《きゅうか》の最後の日、母の職場《しょくば》についていった。ぼくは軍人手帳をわたし、秘密保持《ひみつほじ》の書類に署《しょ》名《めい》して、やっと入る許可《きょか》をもらった。

職長は母とぼくをにこやかに迎《むか》えた。握手《あくしゅ》をして、ぼくに「同志《どうし》」と呼《よ》びかけ、それから用件を尋《たず》ねた。

母が翌日《よくじつ》仕事を休ませてほしいとたのんだ。ぼくを駅まで送っていきたいから、と。

「最後の休暇《きゅうか》ですか？」職長がきいた。「前線へ出られるんですな？」

ぼくはうなずいた。

職長は音をたてて鼻から息を吸《す》いこみ、むずかしい顔をして首をふった。「わかっておられるでしょう。」そう、きりだした。「わたしたちの仕事は戦争遂行《すいこう》に重要な仕事ですからねえ。そう、例の格言《かくげん》で申しますとね、《運休となった作業の一時間は、それだけ最後の勝利を延《の》ばすものである……》、と、まあ、そんなぐあいですから。手っとり早くいえば、つまり、許可するわけにはいきませんな。」そして、人さし指で耳の中を掻《か》いた。「列車は何時発ですか？」

「十時三十二分です。」

「それなら、おそくとも十一時三十分には、職場にもどってこられますね。」職長は母にむかっていった。「列車が延着《えんちゃく》するかもしれないし、ここまでの市電が遅《おく》れることも考えての計算ですよ。」職長はほーっと息を吐《は》いた。「そこまでは、まあわたしの責任《せきにん》でやりましょう。しかし、お願いだからきちんと守ってくださいよ。」そして、立ち上がった。「さあ、仕事についてください。」職長はぼくに握手《あくしゅ》し、幸運を祈《いの》ってくれた。

母は仕事場へ、ぼくは従業員《じゅうぎょういん》に玄関《げんかん》まで見送られて建物を出た。

ぼくは当てもなく一人で街《まち》を歩いていった。瓦礫《がれき》の山や廃墟《はいきょ》のような建物があるごとに、以前はそこになにが建っていたのか、立ち止まって思い出してみながら。

喫茶店《きっさてん》のひとつ、こわれたショーウィンドウのガラスに板がはりつけてある店で、休暇《きゅうか》の兵に切符《きっぷ》なしのケーキを売っていた。

ぼくはそこでケーキを食べ、代用コーヒーを飲んだ。二度はもう買えなくするために、ウェイトレスがぼくの休暇票《きゅうかひょう》に食べたケーキをペンで書きこみ、スタンプを押《お》した。

ぼくたちは十時ごろ駅に着いた。

ぼくの荷物に小さな包みが結びつけられていた。祖母《そぼ》がお別れに焼いてもたせてくれたケーキだ。最後に着かえた下着は、母が夜中に洗ってアイロンで乾《かわ》かしてくれた。

ホームには背嚢《はいのう》を背負《せお》った兵が立ち、目を泣きはらした婚約者《こんやくしゃ》や母親たちがまわりをとりまいていた。そのそばには、空爆《くうばく》の被災者《ひさいしゃ》がわずかにのこった持ち物をつめたダンボール箱を両《りょう》脚《あし》のあいだにおいて、列車を待っていた。

将校《しょうこう》が一人、おちつかないようすでホームを行ったり来たりしていた。兵たちの敬礼《けいれい》にも上《うわ》の空《そら》でこたえ、そうかと思うと、またあらたに挨拶《あいさつ》を強要《きょうよう》したりしている。

母はだまってぼくを見つめていた。

ぼくもなにをいえばいいのかわからなかった。ただ列車がやってくるはずの方を見てばかりいた。

「忘《わす》れもの、ない？」母が尋《たず》ねた。これでもう三度、おなじことを尋ねている。

これで三度目、ぼくは数えた。「ハンカチ、石鹸《せっけん》、シャツ、中襟《なかえり》……」

ふいに、母が向こうへ走っていった。新聞を手に、もどってきた。「これ、途中《とちゅう》の読みものになさい。」母がいった。

ぼくは礼をいい、その新聞を背嚢《はいのう》と背中《せなか》のあいだにつっこんだ。母はハンドバッグの中をごそごそさがした。「きっとハンカチがたりなくなるわ。これ、もってらっしゃい。」

「ぼく、十分もってるよ。」そういって、断《ことわ》った。

「もってらっしゃいったら。」母は懇願《こんがん》した。「ハンカチはいくつあっても使えるから。」

母はハンカチをぼくのポケットに押《お》し込《こ》んだ。

時計はすでに十時四十分をさしている。

ホームの端《はし》から運転主任《しゅにん》がやってきた。「十時三十二分発の列車は、ただいまのところ、六十分以上延着《えんちゃく》の見込《みこ》みです！」大声でそう叫《さけ》んだ。

「どうしたんだ？」将校《しょうこう》が尋《たず》ねた。

「迂回《うかい》してくるのです。」運転主任が説明した。「ゆうべの爆撃《ばくげき》でまた線路がやられましたから。」

母が駅の時計を見上げた。ぼくに気づかれないよう、そっと見上げた。いらいらして、ハンドバッグを手から手にもちかえてばかりいる。

また、ぼくたちはだまった。

ぼくは母の腕《うで》をつかんでホームの端《はし》まで行った。母の視線《しせん》がますますしげく駅の時計に走る。

「もうすぐ十一時だわ！」小声でいった。

「もう、行ってしまいたいかい？」ぼくはきいた。

母は首を横にふった。しばらくして、小声でいった。「職長さんを困《こま》らせるのはわるいし……」

「もう、行って。」ぼくは母にいった。「どこまで遅《おく》れるか、わからないから。」

母は迷《まよ》った。視線が時計からぼくへ、また時計へ、またぼくへと飛ぶ。そして無意識《むいしき》のうちに、母はぼくを改札口の方へひっぱっていた。

「行って。」ぼくはいった。「そうでなきゃ、つぎのとき、もう出してもらえなくなるよ。」

母はうなずいた。泣いた。キスをした。ぼくをぐっとひきよせて抱《だ》きしめた。それから身をひきはなした。手をふった。またもどってきた。そして、行った。消えていった……話したいことがいっぱいあったのに……

4　前線へ

二日《ふつか》二晩《ふたばん》、列車は走りつづけだった。そして、あとまだ少なくとも二日二晩はかかるという。ぼくは芯《しん》まで凍《こご》え、疲《つか》れきっていた。徹夜《てつや》の赤十字の看護婦《かんごふ》が一杯《ぱい》のうすい紅茶《こうちゃ》を手わたしてくれた。味は変だったが、熱かった。

そのバラックのまんなかには人の背丈《せたけ》ほどもある鉄のストーブが立っていた。機関車用の石炭があふれんばかりに投げこまれ、ゴーゴーと勢《いきお》いよく燃《も》えて赤黒くなっている。だれかが火かき棒《ぼう》をつっこんで火床《ひどこ》の灰《はい》をおとすごとに、まっ赤《か》に燃えた煙突《えんとつ》から白い閃光《せんこう》が散った。

ぼくはもたれのない小さな椅子《いす》をできるかぎりその怪物《かいぶつ》に近寄《ちかよ》せた。戦闘服《せんとうふく》から湯気《ゆげ》が上がった。紅茶茶碗《こうちゃぢゃわん》で両手をあたためながら、ほんの少しずつ紅茶をのどに流しこんだ。体の片方《かたほう》が熱くてたまらなくなったので、背中《せなか》をストーブにむけた。精《せい》も根《こん》もつきはてるほど、疲《つか》れていた。しばらくして、今度は前にむきなおって暖《だん》をとった。紅茶茶碗をわきにおいた。睡魔《すいま》が襲《おそ》ってきた。

……また列車がぼくを揺《ゆ》さぶっている。村がいくつもいくつも後ろにとんでいく。大きな森、見わたすかぎりの畑、橋、町、駅、コーヒーの入った巨大《きょだい》なやかんをさげた看護婦《かんごふ》たち、そしてまた森、畑、雪、どこまでもつづく雪面、その前に立つ電柱、電線の張《は》られた電柱、浮《う》き上がったり沈《しず》んだりする電線、数えきれないほどの電柱、終わりのない電線、ペンキなどをぬりたくった窓《まど》、列車内の汚《きたな》い通路、ひっかかってあきにくい引き戸、車室、臭《くさ》い兵隊がぎゅうぎゅうづめの車室、網棚《あみだな》の背嚢《はいのう》、ダンボール箱、不気味《ぶきみ》に赤黒いトランク、そのトランクのぎょっとするほどの大きさ、そのトランクがずーっとこちらに寄ってきて、倒《たお》れかかって……

ぼくはつかもうとした。支《ささ》えようとした。そして、転《ころ》げ落《お》ちた。落ちるとき、軍帽《ぐんぼう》が燃えているストーブをこすった。

ぼくの紅茶《こうちゃ》がストーブにかかってチュッと音をたてた。

額《ひたい》が、あいていた灰の取り出し口の蓋《ふた》に当たった。

軍帽が落ちた。

＊

七人ずつの兵で待避壕《たいひごう》を作るための丸太を運んでいた。「作業中は鉄かぶとをかぶること」という命令が出されていた。一発の銃声《じゅうせい》も聞こえない。汗《あせ》びっしょりのぼくたちは文句《もんく》をいったが、命令は撤回《てっかい》されなかった。

重荷をかついで、森のなかのでこぼこの、しかもやわらかい沼地《ぬまち》を進むのは、並大抵《なみたいてい》の苦労ではなかった。丸太は全員が同じ方の肩《かた》にかつがなければならない。そして最後尾《さいこうび》のものだけがグループの指揮《しき》をとってよいことになっていた。

ぼくが最後尾《さいこうび》だった。丸太は少なくとも五メートルの長さがあり、直径《ちょっけい》は五十センチ近くもあった。鉄かぶとが重い。肩が痛《いた》い。もう肩を代える時だと思われた。ぼくは頭をそうっと動かし、重みが反対がわの肩にかかるところまで丸太の下をくぐらせた。それから、号令をかけた。「肩、交換《こうかん》！」

ちょうどその瞬間《しゅんかん》、向こうで二、三発、迫撃砲《はくげきほう》の発射音《はっしゃおん》がした。

肩を代えるものは一人もいなかった。みんなただちに丸太をほうりだした。ぼくの頭がある方へほうりだした。

丸太がぼくを地面にたたきのめした。にぶい音をたてて鉄かぶとの上をころがり、地面に落ちた。さらにころがって、古い半ば朽《く》ちた切《き》り株《かぶ》のところまで行って、止まった。

迫撃砲《はくげきほう》はずっと遠くで炸裂《さくれつ》した。

ぼくは地面に倒《たお》れたまま、気が遠くなった。つぎの砲声《ほうせい》が聞こえたが、なんの感情《かんじょう》も起こらなかった。

仲間の兵たちが逃《に》げていたところからおそるおそる出てきた。ぼくをとりかこんでじっと見下ろしている。

起き上がろうとすると、ひざがふるえた。

一人が鉄かぶとをぬがせてくれた。

鉄かぶとはひしゃげてしまっていた。

＊

ぼくたちの分隊は、一歩一歩確《たし》かめながら森のなかを前進していた。

その戦死者を、ぼくたちは下生《したば》えのなかで見つけた。目を閉じ、まるで眠《ねむ》っているように苔《こけ》むした地面に横たわっていた。かすかな笑顔《えがお》さえ浮《う》かべている。ぼくたちのとは違《ちが》う軍服《ぐんぷく》は、ほとんど汚《よご》れてもいなかった。

「まだあんまり時間がたってないんだ！」先頭の上等兵がそう判定《はんてい》した。

「おい、見ろよ、この長靴《ちょうか》！」上等兵の後ろにいた一等兵がいった。「これ、ロシア革《がわ》だぜ！それに、まだ新品同様じゃないか！」死人の上にかがみこんで、革《かわ》をさわってみた。「さわってみろ！　このやわらかいこと！」

上等兵はかがみもしないまま、あいづちを打った。「そいつとおれたちのかちかちの長靴とは、比《くら》べものにもならんさ。」そして、煙草《たばこ》に火をつけた。

ぼくたちは全員、死体をとりまいて立った。

一等兵が銃《じゅう》をそばの兵にわたした。地面に腰《こし》をおろしたと思うと、自分の靴底《くつぞこ》が死人のそれとあわさるように擦《す》り寄《よ》った。

「おう、ぴったりだ。」断定《だんてい》した。「おれ、こいつをもらっちまおう！」

「よせよせ！」一人が忠告《ちゅうこく》した。「向こうのやつらがそれをはいたおまえをつかまえたら、おれたちみんなが殺《や》られるぞ。」

「ちぇっ、つまらんことをいうな!」一等兵はそう答え、立ち上がってロシア革《がわ》の長靴《ちょうか》をひっぱりはじめた。

だが、簡単《かんたん》にはぬげないで、死体が森の地面をずるずるとすべった。

「しっかり押《お》さえててください!」一等兵が上等兵にたのんだ。

上等兵は片手《かたて》に自動拳銃《じどうけんじゅう》、片手に火のついた煙草《たばこ》をもって、事もなげに片足を死体の腹《はら》にのせた。

一等兵がひっぱった。

「おまえ、脚《あし》をひきちぎる気かい?」一人がきいた。

「骨《ほね》を折ってしまわなくちゃな。」一等兵は思案《しあん》している。「そうでもしないかぎり、ぬげないようだな。」

「ばかやろう!」上等兵がどなった。「そんな暇《ひま》はないんだぞ!」

一等兵は腹だちまぎれに戦死者の脚を地面に投げつけた。そして銃《じゅう》をうけとりながら、憎《にく》らしげに死体を踏《ふ》んだ。

上等兵が手をあげた。

分隊はまた前進を開始した。

一等兵はもう一度ふりかえって死人を見た。「惜《お》しいなあ！」残念がった。「あんないい長靴《ちょうか》、もったいないなあ！」

＊

「これが待避壕《たいひごう》だっていうのか！」小隊長がぶつくさいって、屋根をさわってみた。「木組みがあるだけだ！」かっかと腹《はら》をたてている。「やつら、また怠《なま》けやがって。おれたちに銃弾《じゅうだん》よけのしっかりした壕《ごう》を建設《けんせつ》するのがやつらの任務《にんむ》なのに！」そして、戸をあけた。そのままものもいえずに、ただ首を横にふっている。

待避壕《たいひごう》にはなんにもなかった。まったくなにもなかった。寝板《ねいた》はおろか、床《ゆか》さえない。森の地面にぽんとただ置いただけのものだった。

だいぶ長いあいだ無言《むごん》でいたあげく、小隊長は大きなため息をついた。

けれどもすでに暗くなっていた。ぼくたちは入ることにした。

三人が近くの藪《やぶ》から細かい葉のついた枝《えだ》をとってきて、壕《ごう》の地面に敷《し》いた。背嚢《はいのう》や戦闘用具《せんとうようぐ》を枕《まくら》がわりに縦《たて》の壁《かべ》にそって並《なら》べて置いた。小隊はたった十二人だったが、長さがたりない。

「なんとかするよりしようがない。」小隊長がいった。

各自、パン一個《こ》に代用蜂蜜《だいようはちみつ》をぬって、食べた。

終わると、もう夜だった。

ぼくたちは一人ずつ壕《ごう》にもぐりこんだ。全員が寝《ね》るには全員が横をむいて寝なければならなかった。

小隊長は最後に入ってきた。むりやり押《お》し入《い》るよりしようがない。あちこちでののしりの声があがったが、どうにかこうにか入れた。「そんなに脚《あし》を曲げるなよ！」隅《すみ》のほうでだれかが文句《もんく》をいった。

「ばか、いうな！　しかたがないじゃないか！」小隊長が舌打《したう》ちをした。「この脚、伸《の》ばせると思うのか？　壕《ごう》がせますぎるんだ。」

それでも、ぼくたちはただちに寝入《ねい》った。

目が覚めたのは、寝返《ねがえ》りを打たなくてはならなくなったときだった。一人が向きを変えようとした。が、それは全員がいっしょにしなければ不可能《ふかのう》なことだったのだ。

二度めに目が覚めたのは、待避壕《たいひごう》のすぐそばに爆弾《ばくだん》が落ちたときだった。壕《ごう》が揺《ゆ》れた。

それが全員をたたき起こした。

「出ろ！　こんな集団墓場《しゅうだんはかば》から、出るんだ！」小隊長がどなった。

一人、また一人と、壕《ごう》からはい出た。そしてあちこちに散らばって、ねぼけまなこで攻撃《こうげき》のやむのを待った。

ふいに、小隊長が吠《ほ》えた。「これが軍の《休息》だっていうのか！」

＊

配給された焼酎《しょうちゅう》はそのままにして、ぼくは板チョコを手に森のなかの小さな空《あ》き地《ち》に走っていった。待避壕《たいひごう》の歌声はそこまで響《ひび》いてきた。あちらの陣地《じんち》、こちらの陣地に、ときどき思い出したように銃弾《じゅうだん》が撃ちこまれる。ときどき、機関銃《きかんじゅう》がカタカタと火を吹《ふ》く。

ぼくはシャツをぬいで裸《はだか》の上体に早春の陽《ひ》を浴び、チョコレートをなめながらシャツの縫《ぬ》い目《め》からしらみをさがしてはつぶしていた。

ふいに、まっ赤《か》な顔をした小隊長が目の前に立った。「もどってこい！」そういった。あやしい。いうことがどうも焼酎《しょうちゅう》くさい。

壕《ごう》のなかには小隊の全員がすわって、うたい、飲んでいた。ぼくを見ると、うたうのをやめ、だまってにやにやした。

「きさまのコップはどこだ？」小隊長がきいた。

ぼくは外がわが明るい空色、中が白のきれいなコップをもっていた。きっちり二デシリットル入るコップだ。そのコップを背嚢《はいのう》からとりだした。小隊長はぼくからそれを取ると、「これがきさまの分け前だ。」そういって酒《さか》びんを高くもちあげてみせ、縁《ふち》までなみなみとついだ。

「仲間は仲間どうし、いっしょに飲んで、いっしょに酔《よ》うんだ！」おどかすような笑いを見せながらそういって、コップをぼくの手に押《お》しつけた。「さあ、飲め！　飲み干《ほ》せ！」

みんながぼくを見つめた。

ぼくは焼酎《しょうちゅう》は大きらいだった。ためらいがちに口をつけた。

「ぐっとやれ！　がぶっと飲むんだ！」

強い。ピリピリする。耐《た》えがたい味だ。一口飲んで、ぼくは……

「一気《いっき》に飲むんだ！」小隊長がどなった。

ぼくはその液体《えきたい》を流しこんだ。体がふるえた。やっとのことでコップが空《から》になった。「任務《にんむ》、終えました！」ぼくは報告《ほうこく》した。

「よーし。ん、どうだ？」小隊長は満足げにいった。「おれはな、おれの小隊に卑怯《ひきょう》ものがいるのはがまんがならんのだ。おれが必要なのは、男だ！　わかったか?!」そして、意地悪くわらった。「将校《しょうこう》になろうと思うものは、あらゆる面で模範《もはん》とならなくてはいかん。――酒の飲み方においてもしかりだ！」

「わかりました、軍曹《ぐんそう》どの！」ぼくはうめき声でいった。コップが手からすべりおち、そして、ぼくは壕《ごう》のどまんなかに吐《は》いた。

5 負《ふ》傷《しょう》

敵《てき》から身を隠《かく》し銃撃《じゅうげき》から守るための木の目《め》隠《かく》し塀《べい》のところに来た。目の前の部分が欠けている。

約三十メートル空《あ》いているために、三百メートルもの回り道が必要となっている。沼《ぬま》地《ち》のなかを三百メートルも……

ぼくは回り道することをやめて、走りだした。十歩、十五歩……その空間をまだ半分も行かないところで、背《せ》中《なか》に衝撃《しょうげき》を感じた。とっさに弾《たま》が当たったのだとわかった。が、痛《いた》みはなかった。ぼくは走りつづけた。走りながら、左の二の腕《うで》から血が吹《ふ》き出《で》ているのが見えた。そして、突然《とつぜん》、息ができなくなった。

目《め》隠《かく》し塀《べい》の内がわで、仲間がぼくをうけとめてくれた。

「喜べ！」上等兵がそういってぼくを迎《むか》えた。「故郷《こきょう》送《おく》りの弾だぞ！」

「狙撃兵《そげきへい》だな!」小隊長がいって、戦闘服《せんとうふく》とシャツをぬがせてくれた。「爆裂弾《ばくれつだん》じゃなくて、よかったじゃないか!」

衛生兵《えいせいへい》が動脈《どうみゃく》をくくってくれたとたんに、痛《いた》みだした。「肺《はい》および腕《うで》の貫通《かんつう》。」衛生兵が診断《しんだん》をくだした。弾《たま》の当たった背中《せなか》の傷口《きずぐち》に、気密性《きみっせい》の高い絆創膏《ばんそうこう》をはってくれた。「指二本分右《みぎ》寄《よ》りだったら、背骨《せぼね》と心臓貫通《しんぞうかんつう》だったな。」

「骨《ほね》が傷《きず》ついていますか?」ぼくは尋《たず》ねた。

衛生兵が調べた。

ぼくは痛《いた》みに歯をくいしばった。

衛生兵は首を横にふった。

「くそーっ、少尉《しょうい》になるのがまた遅れる。」ぼくは歯ぎしりした。

「それでも早すぎるというものさ!」小隊長がけちをつけた。

ぼくは担架《たんか》にくくりつけられ、後方へ送られた。

＊

もう何時間も、ぼくは担架《たんか》にのせられたままトロッコ道のそばに放置されていた。痛《いた》みに耐《た》えかね、叫《さけ》び、七転八倒《しちてんばっとう》していた。百メートルほどはなれたところの陣地《じんち》に対戦車防御砲《ぼうぎょほう》がすえられていた。そこの砲兵《ほうへい》の一人、一等兵がぼくのそばにやってきた。

「この腕《うで》、ほどいてくれ!」ぼくはどなった。

一等兵はかがみこんで結び目を解《と》いた。

とたんに血が高く吹《ふ》き上《あ》がった。ぼくは楽になって、ほーっとため息をついた。

「これは危《あぶ》ない。」一等兵がいった。「おれ、知識《ちしき》がないから。」そして、また腕をしばった。

ぼくはわめいた。体ごと跳《は》ね上《あ》がった。嘆願《たんがん》した。頭をむちゃくちゃにふった。

「もうちょっとだ。きっともうすぐ車がくるよ。」一等兵はなぐさめて、向こうへ行ってしまった。

トロッコ道のそばの陽《ひ》が照りつける下で、ぼくはわめきつづけた。

しばった腕が腫《は》れあがり、青ずんできた。

気が狂《くる》いそうな痛《いた》みだった。ぼくは声をからして叫《さけ》んだ。

けれども砲兵《ほうへい》はもう来てくれなかった。

やっと、赤十字の車がやってきた。

運転手がめんどうくさそうに降《お》りてきた。服は血痕《けっこん》だらけだ。担架《たんか》の頭の方をかかえあげて、車のいちばん下の台に押《お》し込《こ》んだ。

上ではだれかがひいひい泣いている。

ドアがばたんと閉まった。車が動きだした。車は丸太道をがたごとと、ゆっくり走った。

上の兵が野獣《やじゅう》のような金切《かなき》り声《ごえ》をあげはじめた。

担架《たんか》の上で、ぼくはあっちにころがされこっちにころがされして、大声をあげつづけた。

車の揺《ゆ》れ方が速くなった。

上の負傷者《ふしょうしゃ》は死《し》に物狂《ものぐる》いにあばれまわる。

ぼくたちの声がけたたましい合唱になった。

やっと車が止まった。ドアが開いた。

外で、肉屋の作業服を着た軍医が運転手と言葉を交わしている。

運転手がけだるい声で説明した。「上のは爆弾《ばくだん》の破片《はへん》が約三十、体に入っています。しかし、下が先です。血管《けっかん》をしばってありますから。」

＊

待避壕《たいひごう》のなかは血と膿《うみ》のにおいが充満《じゅうまん》していた。

ぼくはがたぴしする手術台《しゅじゅつだい》にくくりつけられていた。

軍医がぼくに背《せ》をむけ、書記にカルテに記入すべきことをいっている。

ある一部分だけを、ぼくの耳がとらえた。

「……腕《うで》は切断《せつだん》せざるをえない……」そして、こちらにむきなおって、ぼくを見た。ぼくはお願いした。懇願《こんがん》した。軍医は肩《かた》をちょっとすくめただけだった。

ぼくは身をもぎはなそうともがいた。

すると、軍医がどなりつけた。「外に、ほかの負傷者《ふしょうしゃ》たちが待っているんだぞ!」

腕に注射《ちゅうしゃ》をされた。

耐《た》えがたいにおいの戦闘服《せんとうふく》を着た衛生兵《えいせいへい》がぼくの頭を押《お》さえた。と、負傷《ふしょう》した腕の皮膚《ひふ》に鉛筆《えんぴつ》で線が引かれたような感じがした。ぼくはそこを見ようとした。

衛生兵がぼくの頭をぐいと反対がわにむけた。

そして、軍医がのこぎりでひきはじめた。

痛《いた》みはなかった。脳髄《のうずい》が轟音《ごうおん》をたて、足がふるえた。全身が揺《ゆ》さぶられた。ぼくはまるでけだもののように吠《ほ》えた。

衛生兵は全身の重みをかけてぼくの頭を押さえた。だれかが脚《あし》に馬乗りになったのを感じた。

そして突然《とつぜん》、終わっていた。

押さえがとれた。

空中に浮《う》いているような感じがした。

階級はわからなかったが衛生兵が一人、古い弾薬箱《だんやくばこ》をもって手術台《しゅじゅつだい》のそばに現《あらわ》れた。

軍医がぼくの腕《うで》をその箱にほうり投げたところまで見て……

＊

観客席《かんきゃくせき》にも舞台《ぶたい》の上にも所せましと負傷者《ふしょうしゃ》が横たわり、劇場《げきじょう》全体が野戦病院と化していた。

舞台人まで動員され、バレリーナたちが掃除婦《そうじふ》として働いていた。

かつての更衣室《こういしつ》に、ベッドが六つ入れられていた。

そこが、一本脚《いっぽんあし》になったもの一人と、軽傷者《けいしょうしゃ》四人と、そしてぼくの病室だった。ぼくたちにはたった一つの話題しかなかった。毎日昼まえに掃除《そうじ》にくる若《わか》いロシア女性のことだった。蒸《む》し暑《あつ》かった。

窓《まど》の外を、ロシア人の現地協力者の一隊が哀愁《あいしゅう》をおびた歌をうたいながらジグザグに行進していた。軍医の回診《かいしん》がすむと、ぼくたちは吸《す》いよせられるようにドアを見つめ、彼女の来るのをいまやおそしと待った。

軽傷《けいしょう》の一人が起き上がって廊下《ろうか》をのぞいた。ついに彼女がやってきた。にこやかな笑顔《えがお》を見せて、巻《ま》き舌《じた》で「おはよう」をいい、バケツとモップを置いた。

ドアのところに立っていた兵が、よろけるようなかっこうで自分のベッドの方へもどっていきながら、彼女を部屋《へや》のまんなかに押《お》した。そして、あっというまに彼女を空《から》のベッドにほうり上げた。

すぐに、全員が起き上がった。

一本脚《いっぽんあし》の兵まで、ベッドの上にすわった。

ロシアの女は声もあげなかった。歯をくいしばって抵抗《ていこう》した。しかも、逆《さか》らいながらだれの傷《きず》にも触《ふ》れないよう気をつけている。部屋のなかの興奮《こうふん》した荒い息づかいが、窓《まど》の外の歌声をしのいで大きくなる。

服地が破《やぶ》れ……

足音がした。

彼女は全員を押《お》し退《の》けた。

ぼくたちはさっと自分のベッドにもどった。

引《ひ》き破《やぶ》られた服の胸《むね》を左手でかきあわせながら、彼女はモップとバケツをもって出ていった。ドアのところで、いつものように「さよなら！」といって。

それっきり、彼女は二度と来なかった。

＊

ベッド、ベッド、ベッド。一列に少なくとも二十、そしてそれが四列、ぼくたちは広いホールをびっしり埋《う》めていた。脇机《わきづくえ》を置く場所は、ほとんどなかった。

窓《まど》ぎわの列になったものは、塀《へい》の向こうで遊んでいる子どもたちや買いものに急ぐ女たちを眺《なが》めることができた。だがその他のものは自分同様の患者《かんじゃ》と、頭の方には軍服《ぐんぷく》がかかり足の方には体温表がぶらさがっているベッドが見えるだけだった。

右のベッドにいる空軍の一等兵は、燃《も》える機体から飛び下りたときに背骨《せぼね》を折っていた。左の砲手《ほうしゅ》は凍傷《とうしょう》で両足がなかった。両隣《りょうどなり》とも、ほとんどしゃべらなかった。ただ、向こうの機甲《きこう》兵《へい》のおしゃべりがはじまると、声を殺してののしっているのが聞こえた。機甲兵のベッドは斜《なな》め向こうにあった。頭に弾《たま》を撃《う》ちこまれていて、ひっきりなしにしゃべるのだ。朝、検温《けんおん》のまえにはじまり、夜、みんなが窓からほうりだすぞと脅《おど》かすまで、しゃべりどおしにしゃべっていた。

ある日の午後、野戦病院の文書係がぼくのベッドにやってきた。「軍人手帳を出しな。」そういっておいて、すぐに機甲兵のところへ話を聞いてやりに行った。ぼくが軍人手帳をとりだしているあいだに、機甲兵は自分の部隊のある軍曹《ぐんそう》の話をしはじめた。大声で話すので、やむなくみんなが耳を傾《かたむ》けるかたちになった。

「……最初の榴弾《りゅうだん》が飛んでくる音で、やつめ、身を伏《ふ》せようとしたんだ。ところが有刺鉄線《ゆうしてっせん》にひっかかって、ズボンがびりっと破《やぶ》れた。太ももに太いひっかき傷《きず》ができた——それがやつの第一の負傷《ふしょう》さ。ところが黒の傷痍軍人記章《しょういぐんじんきしょう》がまだ降《お》りないうちに、もう第二の負傷をした。やつめ、攪乱射撃《かくらんしゃげき》をやっている機関銃《きかんじゅう》のそばに立っていたんだ。薬莢《やっきょう》が一つひっかかったんで、射手《しゃしゅ》が銃身《じゅうしん》をとりかえた。燃《も》えるように熱くなっていたその銃身が飛んできて、おれたちの軍《ぐん》曹《そう》のお手々に当たった。それで、くるみほどの大きさのやけどをして水ぶくれができたってわけ。つぎはその二日あとだ。おれたちんとこに榴散弾《りゅうさんだん》が飛んできてね、軍曹の前に立っていたものがやられて、立木《たちき》が倒《たお》れるみたいにどさりと倒れたんだよ。そのとき、そいつの鉄かぶとの縁《ふち》が軍曹の足に当たって小指が折れたんだ。それが軍曹の第三の負傷ということになって、四日後、銀の傷痍軍人記章と鉄十字第二等勲章《てつじゅうじだいにとうくんしょう》が授与《じゅよ》された。しかもよ、指揮官直々《しきかんじきじき》のお手わたしでだぜ。」

野戦病院の文書係はわらって機甲兵《きこうへい》の肩《かた》をたたいた。そしてぼくから軍人手帳をうけとり、出ていった。機甲兵はまたつぎの話をはじめた。

半時間後、文書係がもどってきて、ぼくの軍人手帳と紙の箱をベッドの端《はし》に投げてよこした。向こうへ行きながら、「おめでとう！」とぼくにいった。

紙の箱には銀の傷痍軍人記章《しょういぐんじんきしょう》と鉄十字第二等勲章《てつじゅうじだいにとうくんしょう》が入っていた。

動けるものがその小さなホールの飾《かざ》りつけをした。

＊

野戦病院の入院患者《かんじゃ》全員に、洗いたての青と白の縞《しま》の服が配られた。戦地《せんち》慰《い》問団《もんだん》がやってくることになっていたのだ。

当日の午後、ぼくはマッサージをうけに行かねばならなかった。もどってくると、公演《こうえん》はすでにはじまっていた。

配られた服を着ることという命令が出ていたのに、軍医大尉《たいい》はぼくを軍服のままにさせ、ベンチのあいだから前の方に押《お》し出した。空《あ》いた席を探《さが》すと、なんと最前列のまんなかがまだ空いている。ぼくは青と白の縞《しま》の服を着た仲間に囲まれて、たった一人軍服姿《ぐんぷくすがた》でそこにすわった。

年をとったでぶの女性歌手が、大声をはりあげてシューベルトのリートをうたっていた。

つぎは手品師《てじなし》の登場だった。

そのあとは、男性のピアニストがリストのラプソディを弾《ひ》いた。

蛇《へび》のような女が体を後ろにぐっとそらせて頭を両膝《りょうひざ》のあいだにはさみ、そのかっこうで舞台《ぶたい》の上を動きまわった。

そして、女性の流行歌手が現《あらわ》れた。ぼくたちはそれまでと同じように、また拍手《はくしゅ》で迎《むか》えた。

彼女の視線《しせん》がすばやくぼくの軍服《ぐんぷく》をとらえた。

リフレインのまえまで、ぼくはなにもかも偶然《ぐうぜん》だと思っていた。

ところが、彼女はぼくにむかってうたいだした。

「ねえ、ペーター、わたしの愛《いと》しいハンス・ペーター、あなたなんてことしてくれたの。わたしはもう気が狂《くる》いそう……」

右も左も、ぼくのまわりのものみんながにやにやしはじめた。一人がぼくをつついた。ぼくはまっ赤《か》になって、首をすくめた。

けれども彼女はぼくだけを相手にうたいつづけた。

「ねえ、ペーター、わたしの大事なハンス・ペーター、わたしあなたに首ったけよ。なにをしてても……」

後ろで、うっとりしてなにかつぶやくのが聞こえた。

ぼくはもう逃《に》げだしてしまいたかった。

彼女は一語一語、思い入れたっぷりにうたった。最後には舞台《ぶたい》から降《お》りてきて、ぼくにおおいかぶさるように身をかがめた。ぐっと近寄《ちかよ》って、息をかけた。

「……わたしあなたになにもかも、お望みどおりささげるわ。わたし自身もささげるわ！」

観客の兵たちが床《ゆか》を踏《ふ》みならして歓声《かんせい》をあげた。

興奮《こうふん》は頂点《ちょうてん》に達した。またとない大成功だった！

歌手は舞台にもどると、そこからまたぼくに投げキスをした。

軍医大尉《たいい》が花束《はなたば》を贈呈《ぞうてい》しなくてはといって、ぼくを呼《よ》んだ。

「さあ、行って、男であることを示してくるんだな、下士官さん！」

大尉の命令で、看護婦《かんごふ》たちが野戦病院の庭から花を切ってきて、大きな花束をつくってくれた。

公演《こうえん》がすんだあと、ぼくはその花束をもって歌手の宿舎《しゅくしゃ》を訪《たず》ねた。もじもじしながら、ドアをノックした。

彼女自身が開けた。そして、花束を取った。

ぼくはつっ立って待った。

すると、彼女がいった。「あんた、まさか本気にしたんじゃないでしょうね。え、ぼうや。ああいうのは仕事のうちなんだから。とっととお帰りっ！」

＊

大腿部切断《だいたいぶせつだん》で一本脚《いっぽんあし》になった仲間がぼくの肩《かた》に手をおき、ぼくと並《なら》んで片脚《かたあし》で跳《と》んで歩いた。

ドアの前まで来ると、軍医はちょっと立ち止まってぼくたちの方にふりむいた。

「さあ、協力してくれよ！」小声でいった。

それから把手《とって》を押《お》して開けた。

窓《まど》ぎわの庭が見えるところに、若《わか》い兵が横たわっていた。そばの小机《こづくえ》に置かれた朝食には手もつけていない。

「仲間を二人つれてきたよ。」軍医がわざと快活《かいかつ》な声でいって、ベッドの端《はし》に腰《こし》かけた。「ほら、見てみろ。おまえと似《に》たような目にあったやつらだ。」若い兵はふりむきもしない。硬直《こうちょく》した視線《しせん》で天井《てんじょう》を見つめている。

だが、軍医はかまわずつづけた。「見てみろったら。」大腿部切断《だいたいぶせつだん》の兵を指さした。「おまえの父親くらいの年だろ。それで、片脚《かたあし》全部、切断されたんだぞ。それがどうだ?! いまはもう一日じゅう病院のなかをピョンピョン歩きまわってるよ。階段《かいだん》の上がり降《お》りだって、うまいもんだ。」

若い兵は身動きもしない。

「それから、こいつ、」軍医はぼくの左肩《かた》を強くたたいた。「こいつは片腕《かたうで》になった。だけど、こいつの泳ぐところをいっぺん見てみるんだな。すごいぞ。こいつはおまえと同い年くらいじゃないかい、え?」

若い兵の口もとがふるえはじめた。目に、ゆっくりと涙《なみだ》がたまっていった。ひくっひくっとすすりあげはじめた。

「うん、それはわかる。辛《つら》いことだよ、地雷《じらい》に片脚《かたあし》をひざから下もっていかれたのはな。」認《みと》めてやった。「しかしだよ、ほかにはぜんぜん傷《きず》をうけていない。どこもかしこもだいじょうぶだ。おまえの年ならすぐにのりこえられるよ。治りも早い。いい義足《ぎそく》ももらえる。それでもって、おまえ、ダンスだってできるぞ……」

「もう、だめです。なんの意味もありません。」若い兵は苦痛《くつう》にみちた表情《ひょうじょう》でいった。「もう、なんにも……。」

「いまはそう考えるだろうさ。」軍医がさえぎった。少し激《げき》していった。「ばかなことをいうんじゃない。おまえの一生はこれからじゃないか！　脚《あし》の半分がなくても、生きていく価値《かち》は……。」

「いいえっ！」若い兵が叫《さけ》び、ベッドの上で跳《は》ねた。

「もうだめです！」

ぼくが退院するまえに、その兵は死んだ。

＊

頭痛《ずつう》がした。体がだるく、食事もぜんぜんおいしくない。熱が出た。みるみるうちに、どんどん上がった。

当直の軍医が見つからないので、看護婦《かんごふ》は野戦病院の主任《しゅにん》の軍医曹長《そうちょう》をつれてきた。曹長はぼくをじっと見つめ、質問を三つしてから、あっさり診断《しんだん》を下した。「流感《りゅうかん》だ。」

ぼくはそのまま病院に留《と》めおかれた。眠《ねむ》りもできず、ベッドの上を転げまわった。のどの渇《かわ》きもひどかった。

看護婦《かんごふ》が錠剤《じょうざい》をもってきた。おどろくばかりたくさんの錠剤を一時間ごとにもってくる。大きいもの小さいもの、さまざまな色のもの、さまざまな重さのもの——どれもこれも口に苦《にが》かった。

錠剤をのめばのむほど気分がわるくなった。ぼくはもう見るのもいやになって、看護婦がもってくるのをブリキの缶《かん》にどんどん投げこんだ。一週間後、缶はほぼいっぱいになった。そして、ぼくはすっかり元気になった。

看護婦がいった。「もう退院させてもらえるわね。」

喜びのあまり、ぼくは錠剤《じょうざい》がいっぱい入ったそのブリキの缶《かん》を看護婦にプレゼントした。看護婦はおどろいてぼくを見つめ、それから怒《おこ》ってぷいと部屋《へや》を出ていった。

「彼女、主任《しゅにん》に話すんじゃないかな。」隣《となり》のベッドの兵が心配していった。

ぼくが退院許可証《たいいんきょかしょう》をもらいに行くと、軍医曹長《そうちょう》が頭から湯気《ゆげ》をたてて怒《おこ》っている。「きさま、退院で助かったんだぞ！　そうでなかったら、罰《ばつ》をくらわせてやるところだ。」大声でどなった。

なんのことをいっているのか、ぼくには理解《りかい》できなかった。

軍医曹長《そうちょう》はげんこにかためた両手で机《つくえ》をぐいと押《お》して立ち上がった。「きさま、そもそもなんと心得ておる?!」吠《ほ》えた。「きさまはおれの命令を無視《むし》したな！　おれが錠剤《じょうざい》を出したら、きさまはそれをのみこまねばならんのだ。わかったか?!　それをしないというのは、命令拒否《きょひ》だ！　それがどういうことかわかるか？　きさまを営倉《えいそう》にぶちこんでやれるんだぞ……」曹長は机の上から退院許可証《たいいんきょかしょう》をひっつかむと、ぼくの足もとめがけてほうり投げた。

＊

母は初めて片腕《かたうで》のないぼくを見ると、ぐっと息をのみこんだ。唇《くちびる》をかみしめて、からっぽの袖《そで》に視線《しせん》が行かないようけんめいにこらえている。

机《つくえ》の上にはいろいろなものが並《なら》んでいた。母自身、祖父《そふ》や祖母《そぼ》のやっかみを心配するほどのごちそうだった。話したり聞いたりはしても目にすることなどもう考えられもしないものも、どこからか工面《くめん》してそろえていた。ゆでたじゃがいもをつぶしてつくったケーキには、ほんものの生クリームまで添《そ》えられていたし、ぼくにおいしい濃《こ》いほんもののコーヒーを飲ませようと、何週間も自分のわりあてを貯《た》めておいて出してくれた。

それなのに、お茶の時間はだまりがちにすぎていった。当たりさわりのない話題をさがそうと焦《あせ》るばかりで、結局はなにも浮《う》かばない。空襲《くうしゅう》のこと、親類や知人で亡《な》くなった人のこと、食糧不足《しょくりょうぶそく》のことなどは話したくなかった。それぞれが、ただ辛《つら》い思いで、すごしてしまった。

よそへ行っても、ぼくのなくなった腕《うで》のことはだれも口にしなかった。一人だけ配給所の老人が慰《なぐさ》めるように「左でよかったな。」といった。

だがそれさえ、母のとがめる視線《しせん》にあって、先はつづかなかった。

夜、空襲警報《くうしゅうけいほう》が発令されるのを待っていたときも、ぼくたちはまた無言《むごん》で向かいあっていた。と、母が立って台所の棚《たな》のところへ行った。「これ、この小包が届《とど》いてるわ。」ぎごちない声でいった。「きっと、あんたのものよ。」母は汚《きたな》らしい茶色の包み紙に包まれた、てのひらほどしかない箱をわたしてくれた。差出人《さしだしにん》はぼくの小隊長で前線の軍事《ぐんじ》郵便用《ゆうびんよう》部隊番号がついている。

ぼくが負傷《ふしょう》したあと、ぼくの背嚢《はいのう》にあったもの全部を送ってくれたのだった。古い手紙が二、三通、何枚《まい》かの写真――そして、左腕《うで》にはめていた時計。

小隊長は出動の最中なのに、ぼくに短い手紙を書くことまでしてくれていた。ぼくがいなくなってさびしいこと、何人かは戦死し、何人かが負傷《ふしょう》したこと。小隊長は、ぼくの将校《しょうこう》への道はこれで終わりだろうと書いていた。そして、「喜ぶんだな、この泥沼《どろぬま》から出られたことを。」という言葉で終わっていた。

「ぼく、これからどうなるんだろう?」ぼくはひとりごとをいった。低い声でいったが、母が耳にはさむには十分の声だった。

母は声をあげて泣《な》き伏《ふ》した。

6　士官学校

ぼくは自分の兵営《へいえい》にもどっていった。兵員室に足をふみいれると、みんなが歓声《かんせい》を上げた。

「おっ、幸運児、喜べ喜べ、おまえには戦争はもう終わったじゃないか！」

「すぐに司令官のもとへ出頭だ！」下士官がいった。

「ぼくになんの用があるんだろう？」ぼくはきょとんとして尋《たず》ねた。

「なんの用だって?!」不機嫌《ふきげん》な答えが返ってきた。「証明書《しょうめいしょ》をもらうんだよ。そいでその灰色《はいいろ》のぼろ服をぬいで……。《銃後《じゅうご》の前線》でまた戦わせてくれるんだろ。地下壕《ちかごう》の代わりに――地下室の防空壕《ぼうくうごう》！」

鏡の前で革帯《かわおび》の留《と》め金《がね》をきちんとし、軍帽《ぐんぼう》をまっすぐにしてから、ぼくは司令官のところへ行った。

司令官はにこやかに迎《むか》えた。「ん、休暇《きゅうか》はどうだったかね？」

答えは待ちもしないで、またいった。

「さあ、かけたまえ。きさまは運のいいやつだな。万事すらすらといったぞ。」机《つくえ》の引出しからぶあつい書類の束《たば》を取り出した。「手続きはもうほとんどすませてやった。すぐに被服廠《ひふくしょう》へ行くんだ。行けばわかるようになっておる。」そういって、記入ずみの書類を三、四枚《まい》ぼくにわたした。「それから、これがきさまの切符《きっぷ》だ。あすの朝、一番の列車で行きたまえ。」

わけがわからず、ぼくは司令官をじっと見て、目で尋《たず》ねた。

「なにをそんなへんな目で見るんだ？」司令官は小言をいった。「急いではどうかね。盛大《せいだい》なお別れパーティをするには、もうあまり時間がないぞ。時間どおりに到着《とうちゃく》していなければいかんのだ。」

「どこへでありますか？」

司令官はついに怒声《どせい》を発した。「なにいっ？ きさま、おれを愚弄《ぐろう》する気か？ なんと思っておる！ 士官学校でのきさまの教練は、あさってからはじまるんだぞ！」

「自分は、自分は除隊《じょたい》になるのかと……」

「除隊……？」司令官はぼくに終わりまでいうことすらさせなかった。「そんな考えは、きさま、馬にでも食わせろ！――なにを勘違《かんちが》いしておるのだ？　一人一人の人間が、いまどれほど必要とされておるか。きさまは即日発効《そくじつはっこう》の指令で士官学校に移籍《いせき》となったんだ。毎日大勢《おおぜい》の将校《しょうこう》が戦死しておる。一人一人、死なれては困《こま》る将校たちばかりなんだぞ！　そんな負傷《ふしょう》がまだなにか意味があるとでも思っておるのか！」

＊

上級曹長《そうちょう》が暗い廊下《ろうか》で人数をかぞえ、ぼくたちを小部屋《こべや》に入れた。それからまた残りのものをつれてつぎの部屋へ行った。

ぼくたちはみすぼらしい屋根裏部屋《やねうらべや》にがっかりして、立ちすくんだ。ひざの高さから胸《むね》ぐらいまでしかない小さな窓《まど》、その窓から下の整列広場を見下ろしてみた。おそろしく古びた汚《きたな》い煉瓦《れんが》づくりの建物がまわりをとりまいている。

「士官学校というのはもっといいところだと思ってたなあ。」一人がいった。

ぼくたちはみんなあいづちを打った。

一人だけは違《ちが》った。その一人はただちに机《つくえ》にむかった。そしてぼくたち一人一人に名前を尋《たず》ね、自分のノートに書きこみはじめた。つづいて下士官に昇進《しょうしん》した日付《ひづけ》をきいた。彼自身が最《さい》古参者《こさんしゃ》だった。飾《かざ》り文字のようなくねくねとした字で部屋の名簿《めいぼ》を書きおわると、最古参者として自分の名前をそのてっぺんに書いて、それをドアにはりつけた。

そのあいだに、ぼくたちは自分の荷物を出してそれぞれロッカーにしまいはじめた。ところが、その男が、その作業を中止するようにと、ぼくたちに命令した。

「おまえ、なにを思い上がってるんだ?」一人がきいた。

「思い上がってるんじゃない。」そいつは答えた。「おれはこの部屋の最古参者だ!」そしてベッドの場所をわりあて、どのロッカーを使うかを指示《しじ》した。

ぼくたちは従《したが》った。勝手に入れはじめていたロッカーから荷物を出して、彼が決めたところへ入れなおした。

「おれたちの部屋は全校一の模範部屋《もはんべや》になるんだ!」彼は宣言《せんげん》した。

ぼくを名指《なざ》して、最初の部屋当番をいいつけた。

反抗《はんこう》することも忘《わす》れるほど、みんな彼の不意打《ふいう》ちに圧倒《あっとう》されていた。

自分の下着をロッカーにしまうまえに、彼は荷物の中からものさしを取り出した。そして一枚《まい》一枚、下着を同じ寸法《すんぽう》にたたみ、ものさしで計ってから、棚《たな》にしまった。

ぼくたちはそれをじっと見ていた。「どうして、そんなことするんだい?」ぼくの隣《となり》のロッカー使用者が尋《たず》ねた。

彼は上体をまっすぐに起こすと、誇《ほこ》らしげに答えた。「おれは将校《しょうこう》になりたいからだ!」

*

教室で、ぼくたちは大きな箱庭を囲んで立った。

中尉《ちゅうい》が小さな紙の旗をあちこちに突《つ》き立てて、戦線の状況《じょうきょう》を決めていった。それがすむと「箱庭」戦場の立地条件《りっちじょうけん》を説明し、ぼくたちにそれぞれの指揮《しき》任務《にんむ》をわりあてた。中尉自身は敵役《てきやく》になった。ぼくには周囲を見下ろせる高台に陣《じん》どった小隊がわりあてられた。

やがて、中尉は敵の攻撃《こうげき》を開始した。敵はぼくの高台の右がわにも左がわにも攻撃をかけて味方の前線を突破《とっぱ》しはじめた。

箱庭軍総司令官は前線を後退させた。

だが、ぼくにはなんの命令も出さない。

右も左も連絡《れんらく》を断《た》たれたまま、ぼくの小隊は高台にのこった。敵の攻撃《こうげき》が、ぼくの小隊の味方の陣地《じんち》への後退路をすっかり断《た》ち切ってしまいそうな勢《いきお》いになった。

そこで中尉《ちゅうい》はぼくに質問した。「さて、どうするか?」

「自分は、自分の小隊に、本隊との連結が復活《ふっかつ》するところまで味方の陣地へ後退するよう命令を出します。」

中尉は鋭《するど》い視線《しせん》をぼくに投げた。「そうしろという命令を、きさまはうけておるのか?」

「いいえ。しかし、自分は自分の兵に責任《せきにん》があります。それに、いずれ敵の手に落ちる陣地で兵をみすみす犠牲《ぎせい》にしても、あるいは捕虜《ほりょ》にしてしまっても、それが戦局になんの役にもたたないからであります。――でありますから、自分は高台から撤退《てったい》します!」

「なにをたわけたことを考えておる!」中尉はどなった。「きさまは司令部がきさまときさまの小隊についてどんな計画を立てておるか、知っとるのか? その高台にどれだけのことがかかっておるかわからんのか? おそらく司令部は反撃《はんげき》を計画しておるのだろう。そしてその際《さい》、きさまの高台からの援護射撃《えんごしゃげき》を計算に入れておるのだ!」

「では、その反撃《はんげき》が功《こう》を奏《そう》さなかった場合、どうなるのでありますか?」

「そうすれば、きさまの小隊は立てこもるのだ！」中尉《ちゅうい》はどなりつづけた。

「われわれは糧食《りょうしょく》をもっておりません。補給《ほきゅう》は不可能《ふかのう》であります。負傷者《ふしょうしゃ》は医療《いりょう》をうけられないまま包囲された陣地《じんち》で死んでいきます。」ぼくは反論《はんろん》した。「そういうのは、指揮《しき》の本来あるべき姿《すがた》に反することであると自分は考えます。したがって、退却《たいきゃく》を命じます。」

「きさま、よーく覚えておけよ。」中尉は怒《いか》りが爆発《ばくはつ》するのをやっとのことで抑《おさ》えていった。「きさまには独断《どくだん》は許《ゆる》されんのだ。独断で指揮を先行させることは許されておらん。きさまはきさまが置かれた場所を死守《ししゅ》するのだ。血の最後の一滴《てき》になるまで持ちこたえねばならんのだ。」

＊

突然《とつぜん》、食事がわるくなった。来る日も来る日も雑炊《ぞうすい》、しかもその雑炊がふつうより薄《うす》いように思えた。鍋《なべ》がからっぽになるのもふだんより早くなった。ぼくたちは日曜日の定食に望みをかけた。じゃがいもに赤キャベツの煮《に》たものと薄い肉の一切れ。だが、日曜日にもまた雑炊が出た。ぼくたちはがっかりした。

授業内容《じゅぎょうないよう》も一変した。それまでは一つ一つちがった教科が目白押《めじろお》しだったのが、ふいに、攻《こう》撃《げき》の仕方を教わるばかりの授業に変わった。

野外での教練は、攻撃、また攻撃のくりかえしだった。一週間それがつづいたあげく、ぼくたちはやっとなにが待ちうけているかを知った。士官学校は大将《たいしょう》の視察《しさつ》をまえにして、その準備にやっきになっていた。宿舎《しゅくしゃ》と服装《ふくそう》を視察にそなえてととのえるために、火曜日の午後全部があてられた。そして模擬視察《もぎしさつ》があって、その火曜日は終わった。

水曜日、大将が現《あらわ》れた。かなりの年輩《ねんぱい》の紳士《しんし》だった。閲兵《えっぺい》をしてぼくたちの前を行進したとき、帽子《ぼうし》のひさしにあてた手がふるえていた。

野外でぼくたちは模範的《もはんてき》な攻撃《こうげき》をして見せた。大将が出す質問には、間髪《かんはつ》をいれず、正確《せいかく》に、とくに大声を出して、答えた。

大将は満足げに、そして感謝《かんしゃ》にたえぬという表情《ひょうじょう》でにっこりした。返答をした士官候補生《しかんこうほせい》たちの肩《かた》を親しげにたたいた。将校《しょうこう》たちには、みんなに聞こえるようにとくに強調された称賛《しょうさん》の言葉がのべられた。大将は昼食をぼくたちといっしょに食堂でとった。自分用の食器をわざわざ士官候補生たちのあいだに置かせて、食べた。

　ぼくたちはぜいたくなごちそうに舌《した》づつみをうった。まず、ほんものの肉入りスープ、それからじゃがいも、グリーンピース、たっぷりのソースがかかったシチュー肉の大きなかたまり。最後にヴァニラのプディングとコーヒーまで出た。こんな食事は初めてのことだった。

　コーヒーのとき、大将《たいしょう》は立ち上がって演説《えんぜつ》をぶった。ここは非常《ひじょう》に居心地《いごこち》がいい、気に入った、ここに長くいることができないのは残念だ――そう大将はいった。ぼくたちの成績は模範《もはん》的《てき》であるとほめて、士官学校の将校《しょうこう》たちに感謝した。さらに大将は、ぼくたちが自分の能力《のうりょく》を十分に発揮《はっき》し、この成果を産《う》みだすことができるようにしてくれている人たちへの感謝をおろそかにしたくないと、最後をこうしめくくった。「きみたちがいかにすばらしい食事を与《あた》えられておるか、それが今回よくわかった。であるからして、わがはいは料理方《りょうりかた》に対して特別の感謝を申《もう》し述《の》べたい。この気持ちは、わがはいのみならず士官候補生であるきみたち下士官もまったく同じであるにちがいないと思う。」

＊

　ぼくが彼を見つけたとき、あたりはもう暗くなっていた。

彼は銃口《じゅうこう》をぼくにむけ、停止《ていし》するよう命令した。それから近寄《ちかよ》ってきて、身分証明書《みぶんしょうめいしょ》を要求した。組紐《くみひも》のついたぼくの軍服を見ると、さっと直立不動の姿勢《しせい》をとった。そして、やっと、ぼくがわかった。「あっ、おまえじゃないか！」低い声をあげた。だが直立不動の姿勢はくずさない。そして、すぐに尋《たず》ねた。「おまえ、どうしてここへ？」

「会いにこようと思って、週末の休暇《きゅうか》をもらったんだよ。」ぼくは父に答えた。

「残念だな。」父がいった。「おれは、土曜と日曜、歩哨《ほしょう》にあたってるんだ。」

だが、年輩《ねんぱい》の紳士《しんし》の中隊長が父を歩哨勤務《ほしょうきんむ》からはずしてくれた。

外へ行くには時間がおそいし危険《きけん》でもあった。ポーランドの抵抗組織《ていこうそしき》のものが夜になるとぼくたちドイツ兵を襲《おそ》い、武器《ぶき》を没収《ぼっしゅう》して連行していった。ぼくたちはつもる話をしに、父の兵員室へ行った。

一人、また一人と父の同室者がもどってきた。父と同じような男たち、すでに第一次世界大戦に従軍《じゅうぐん》し、ふたたび一等兵か上等兵として召集《しょうしゅう》された男たちだ。彼らは自分たちの兵員室に軍曹《ぐんそう》がいるのを見ると、ぎょっとした。

父がぼくを紹介《しょうかい》した。

しかしだめだった。直立不動の姿勢《しせい》でつっ立ったまま、むりにすすめるまですわりもしない。そして声をかけるとまた跳《と》び上《あ》がって立ち、挙手《きょしゅ》の礼の姿勢をとる。父が話にひきこもうとしたが、教室で机《つくえ》にむかっている生徒のように、じっとすわったままだまっている。「はい、そうであります、軍曹《ぐんそう》どの」とか、「いいえ、軍曹どの」よりほかの答えは返ってこない。

とうとう父とぼくは隅《すみ》の父のベッドに行って腰《こし》をおろし、そこで話しつづけた。いつのまにか男たちは足音もたてずものもいわずに洗面所へと出ていった。一人がねまき姿《すがた》でぼくに就寝《しゅうしん》の報告《ほうこく》をした。

そこへ当直下士官が兵員室の巡回《じゅんかい》にやってきた。口髭《くちひげ》の白い、第一次世界大戦のときの鉄十字勲章《てつじゅうじくんしょう》をさげた男だった。だれも報告しようとしないのを見てとると、下士官は大きく息を吸《す》いこんだ。そしてまさにどなろうとしたとき……、隅にすわっているぼくに気づいた。「失礼いたしました、軍曹どの。」ささやくようにそういうと、あとずさりで兵員室を出ていった。

ぼくは十八歳《さい》だった。

＊

ぼくたちは偵察隊《ていさつたい》としてその地域《ちいき》を探《さぐ》る任務《にんむ》を命じられた。六人であたり一帯を探り歩いたすえ、夜の残りをそこですごそうと生《い》け垣《がき》のかげに身をひそめた。空腹《くうふく》で胃《い》が鳴っていた。

朝、一人がいいだした。「朝めしをさがしに行こう。」

まず行きあたったのは、ポーランド人の家族が住む家だった。ぼくたちはノックはしたものの、すぐに入りこんだ。汚《よご》れた身なりに、武器《ぶき》を手にしている。

ぎょっとしたポーランド人のおかみさんは、壁《かべ》ぎわまで逃《に》げた。ぼくたちは手まねで食べものがほしいのだと伝えた。

おかみさんはおどおどしながら机《つくえ》のそばに椅子《いす》を寄《よ》せてすすめた。そして腕《うで》の長さほどもあるパンを一本もってきた。コーヒーをわかした。砂糖《さとう》や蜂蜜《はちみつ》まで出してきた。

ぼくたちは銃《じゅう》をひざのあいだにはさんですわった。パンに蜂蜜《はちみつ》をたっぷりぬり、コーヒーに山もりの砂糖《さとう》を入れて、食べた。農家のパンの味は格別《かくべつ》だった。

ポーランド女はかまどのそばに立って、恐《おそ》れにみちた目でぼくたちが食べるのを見ていた。けれども、ぼくたちが視線《しせん》をむけると、とたんに笑顔《えがお》をつくった。

食べおわっても、パンはまだのこった。煉瓦《れんが》ぐらいの大きさだった。

偵察隊《ていさつたい》の隊長が指でお金のしるしをしてみせ、支払《しはら》わねばならないかどうか、尋《たず》ねた。ポーランド女は両手をふっていらないというしぐさをした。そして何度も深々とおじぎをして、ぼくたちに入り口の戸を開けた。

彼女が背《せ》をむけたとたん、一人が机《つくえ》の上からパンの残りをさっと取って、自分の背嚢《はいのう》に押《お》し込《こ》んだ。

「おまえ、なんでパンを盗《ぬす》んだんだよ?」外に出て、ぼくはきいた。

「こんなパン、またと手に入らないぜ。」その男はいった。「それに、ポーランドのやつら、まだたんまりもってるさ。」

その一週間後、ぼくたちは見習い士官に任官《にんかん》した。

＊

連隊の副官《ふくかん》につれられて、ぼくたちは初めて士官会館に入っていった。

白い上着を着た伝令兵《でんれいへい》がぼくたちを迎《むか》えた。クロークに案内して、まだほかの将校《しょうこう》の専用《せんよう》になってない帽子掛《ぼうしか》けを指《さ》し示《しめ》した。そして、「大佐《たいさ》はご機嫌《きげん》です。」とささやいた。

ぼくたちは剣帯《けんたい》と軍帽《ぐんぼう》を帽子掛《ぼうしか》けにかけて、もう一度髪《かみ》をとかし、背筋《せすじ》を伸《の》ばした。さあ、いよいよだ。

伝令兵が大食堂へのドアを押《お》しひらき、ぼくたちをなかへ入れた。

馬蹄形《ばていけい》の食卓《しょくたく》にずらりとならんだ連隊の将校《しょうこう》が、いっせいにこちらを見た。

「おっ、来たな、わが連隊のほやほやの少尉《しょうい》たち。」大佐が声を発し、単眼鏡《たんがんきょう》を目にはさんでぼくたちを眺《なが》めまわした。

副官がアルファベット順に書かれた名簿《めいぼ》をもとに、ぼくたちを紹介《しょうかい》した。各自、名前を呼《よ》ばれるのを待って、おじぎをした。

それから、出席の将校たちの名前を教えてもらうために、一人一人にもう一度自己紹介《じこしょうかい》をしながら食卓をまわった。

どういう風の吹《ふ》きまわしか、ぼくには馬蹄形《ばていけい》の食卓の内がわ、大佐のまん前の席があてがわれた。

食事は選《え》りすぐりの前菜《ぜんさい》がのった大皿から始まった。

大佐がぼくの出身地を尋《たず》ねた。

メインのごちそうが運ばれてきた。

大佐はぼくの前線での体験をあれこれきいた。

最後にデザートが出た。

大佐は士官学校のことを質問した。それから、ぼくと乾杯《かんぱい》しようとグラスをあげた。

ぼくは椅子《いす》を引いてさっと立ち上がり、食卓からグラスをとって、規定《きてい》どおりにグラスの縁《ふち》が軍服《ぐんぷく》の上から三つめのボタンの高さになるようもちあげた。

「いや、すわっていていいんだよ。」大佐はすでに立っているぼくにいった。

大佐とぼくは一口飲《の》み、またグラスを規定どおりの高さにあげて目を合わせた。

伝令兵がぼくの椅子を後ろからすっと押《お》してくれた。

ぼくはそれに腰《こし》をおろした。

伝令兵たちがコーヒーをもってきはじめると、大佐は自分の少尉《しょうい》のころのことを話しはじめた。大声で話すので、全員が耳を傾《かたむ》けるしかない。

将校たちは、中佐から最年少の少尉まで、全員じっと聞き入った。

伝令兵たちは爪先《つまさき》だって動きまわっていた。

話しおえると、大佐は食事終了の合図《あいず》をした。席から立ち上がりながら、ふいに、ぼくにきいた。「きみ、羊頭《ようとう》ゲーム(古いトランプ遊びの一種・訳註)はやるかね?」

「いいえ、大佐どの。」ぼくは答えた。

信じられないというふうに、大佐はぼくを見つめた。「んー、では、どうやって将校になったのか、おれにはわからんな!」思わず口をすべらせたという言い方だった。

7 将校《しょうこう》になって

雨が地面をやわらかくしていた。いたるところにぬかるんだ窪《くぼ》みや水たまりができていて、かなりの広さで乾《かわ》いた固い場所はどこにもなかった。

しかし、今日の午前中は野外での予《よ》備教練《びきょうれん》という計画はすでに一週間以上もまえから決まっていたし、司令官は計画の無条件実施《むじょうけんじっし》を要求《ようきゅう》していた。

小隊から小隊へ、分隊から分隊へ、ぼくは教練を見てまわった。

ぼくが近づいていくと、下士官はただちに新兵に号令をかけて、地面に伏《ふ》せさせ、ぬかるみのなかを腹這《はらば》いで進ませた。

「完全伏《ふ》せ！」の命令で、兵たちは地面に倒《たお》れこむ。水しぶきが胸《むね》の高さまでとぶ。彼らの軍服はもうびしょぬれになり、泥《どろ》でごわごわになっていた。

第三小隊の一分隊だけは、まだきれいな軍服姿《ぐんぷくすがた》で整列した位置にそのまま立っていた。全員、家族持ちの父親たちだ。

分隊長がぼくに報告《ほうこく》し、それから野外での身の処《しょ》し方《かた》の説明をつづけた。偽装《ぎそう》について、また、地面に穴《あな》を掘《ほ》ってかくれることについて話している。

兵たちは熱心に聞き、思慮深《しりょぶか》い答えをしていた。

「今朝は野外教練と決まっている。」ぼくは口をはさんだ。「講義《こうぎ》ではないんだぞ。」

一人の男が手をあげた。「この天候《てんこう》でありますから、教練は別の日に行うよう、自分たちが下士官どのにおねがいしたのであります。」そう説明した。

「ふむ、では、雨の日の戦争は室内で行われると思っているのだな。」ぼくはいった。そして分隊長にむかって、いった。「教練をさせろ！」

分隊長はただちに号令をかけた。「完全伏《ふ》せ！」

男たちは、汚《よご》れない場所をさがして、用心しながらためらいがちに伏せた。

「そんなやり方があるかっ！」ぼくはどなった。「《完全伏せ！》というのは、その野外中最も深いところ、できうるかぎり深い地点に身を伏せることだ。」ぼくはとくにどろどろになっている窪《くぼ》みのそばに立った。そして全員がぼくに視線《しせん》をそそぐのを待って、パタッと伏せた。泥《どろ》のまったただなかへ、全身を押《お》しつけた。

それから父親たち一人一人に、ぼくがしたとおりのことをさせた。全員がすむと、ぼくはつぎの分隊へ移《うつ》っていった。ぼくの軍服は上から下まで泥だらけになった。

しかし、それはぼくの当番兵がきちんともとどおりにすることになっていた。

＊

巡視《じゅんし》の途中《とちゅう》出会った三人の下士官が、ぼくに欠席を申し出た。「少尉《しょうい》どの、今夜は夜の教練があっても、自分たちはいないものと思ってください。」

「なぜだ？」

「自分たち三人は賭《かけ》をしたのであります。」三人のうちでいちばんの年少者が説明した。「ビール一箱と焼酎《しょうちゅう》一本を三人のうちだれがいちばん速く飲み干《のほ》すことができるか、ためしてみようということになったのであります。いちばんおそいものが飲み代の三分の二を、そのつぎのものが三分の一を払《はら》うことに決めました。」

「ほかに賞はないのか？」ぼくはきいた。

「栄誉《えいよ》であります、少尉《しょうい》どの！」得意満面、最年長者がいった。「中隊一の大酒飲みという栄誉であります——いまのところ、それは自分で、今後も変わらんですよ！」

「いえ、それは真夜中までに決まります。」さきの若《わか》い下士官がさえぎった。「街《まち》に自分たちの行きつけの店があるんです。そこならゆっくり飲めますから。ビール、もう、冷えてるんです。」

三人はぼくに挙手《きょしゅ》の礼をして、消えていった。

ぼくはそのあと哨舎《しょうしゃ》に行き、歩哨報告書《ほしょうほうこくしょ》を検分《けんぶん》した。それから自分の部屋《へや》にもどって、完全《かんぜん》装備《そうび》の軍服姿《ぐんぷくすがた》のままベッドに入った。鉄かぶとはすぐ取れるように枕《まくら》もとにかけた。

夜中の十二時、目覚まし時計が鳴った。

ぼくは鉄かぶとをかぶり、巡視《じゅんし》に出た。

あちこちの哨所《しょうしょ》を見まわったのち、柵《さく》の、外出証《がいしゅつしょう》のない兵たちが乗《の》り越《こ》える箇所《かしょ》へも行ってみた。そこで、また彼らに出会った。

千鳥足《ちどりあし》でなにやらわめきながら、年長の下士官二人がやってくる。その後ろに、若いほうの一人が足首を二人につかまれて引きずられている。

背中《せなか》と頭でずるずると地面の上をすべって、軍服《ぐんぷく》も顔も泥《どろ》だらけだ。

三人はビールと嘔吐《おうと》のにおいで、臭気《しゅうき》ふんぷんというありさまだ。

「こいつをベッドにほうりこむところであります！」いちばん年上の下士官がろれつのまわらぬ舌《した》でいった。そして、誇《ほこ》らしげに胸《むね》をたたいた。「このわがはいが、いまもって中隊一の大酒飲みでありますぞ！」いまにも転びそうに、よろよろしながらいった。

「こいつ、」あごをぐいとしゃくって後ろを指《さ》し示《しめ》した。「こいつ、酒が飲めんのですよ。」こわばった舌《した》で、悲しそうにつけくわえた。「まだ、やっと十九歳《さい》だしなあ。」

＊

将校《しょうこう》たちのための《ご婦人《ふじん》とのパーティ》をするようにという命令が、司令官から出された。

そういうことに慣《な》れた准尉《じゅんい》がまるまる一週間、準備にかかりきりになった。ホテルの控《ひか》えの間《ま》を借りきり、招待状《しょうたいじょう》を印刷し、それを目ぼしい人たちに送り――常《つね》に同じ人たちだった――、部屋《へや》の飾《かざ》りつけをし、飲みものを十分に用意し、一口サンドイッチにのせるごちそうを工面《くめん》し、そして当日は白のスーツに身をかためてサービス係をつとめた。

ぼくたちはもう一時間も客の到着《とうちゃく》を待っていた。

ビールは生《なま》ぬるくなるし、パンは乾《かわ》いてくる。

招待客《しょうたいきゃく》はまだ四人しか来ていなかった。その四人はぼくたち若《わか》い少尉《しょうい》に囲まれ、露骨《ろこつ》な冗談《じょうだん》に耳をかたむけて、くすくすわらっている。けっこうたのしいらしい。パーティがあるごとに招《まね》かれる常連《じょうれん》で、万事《ばんじ》心得《こころえ》ているのだ。中年の将校《しょうこう》の一グループは隅《すみ》でスカートゲーム(トランプの一種・訳註)をしていたし、職務《しょくむ》の状況《じょうきょう》について話しあっている将校たちもいた。

見えないところにおかれたレコードプレイヤーから、きいきい声の流行歌がつぎからつぎへと休みなく流れていた。

司令官は不機嫌《ふきげん》な顔をして飲んでいた。かなりの酒豪《しゅごう》だ。准尉《じゅんい》につがせながら、招待状《しょうたいじょう》をきちんと発送したのか、と尋《たず》ねた。

准尉は、信頼《しんらい》できる新兵に直接《ちょくせつ》もっていかせた、と答えた。

司令官はまたひと息にグラスをあけた。

そして一点に目をすえて考えこんでいたが、ふいにぼくを手招《てまね》いた。

ぼくは司令官のところへ行った。声をひそめて話すので、かがみこんだ。息が赤ワインくさい。「きみに特命があるんだ。」司令官がいった。「きみはわれわれのなかでいちばん若いからな。」そして、さらに声を落とした。「いまから半時間以内に、ここにいる紳士《しんし》全員にそれぞれ一人ずつパートナーをかき集めてくる！　わかったな！」司令官は親しげにぼくの肩《かた》に手をおいた。「おれには、ちっとばかり、きれいな、若いのをたのむぞ。」そして、顔つきがふたたびけわしくなった。「これは命令だ！」そういってから、その表情《ひょうじょう》に上司としてのにこやかな笑《え》顔《がお》を上乗《うわの》せした。

「さあ、行け！——おれたちをがっかりさせるなよ！」片手《かたて》で追いやるしぐさをした。

ぼくは剣帯《けんたい》をしめて、帽子掛《ぼうしか》けから軍帽《ぐんぼう》をとった。

出ていくとき、准尉《じゅんい》がにやっとわらった。「二つめの角《かど》に、いつも何人か立ってますよ、少《しょう》尉《い》どの。」ぼくの耳もとにささやいた。

すでにホテルのロビーでぼくは任務《にんむ》を開始し、ポツンとすわっている女の人や若い娘《むすめ》に誘《さそ》いをかけた。いちばんおおぜい見つかったのは、駅だった。

＊

ぼくのテーブル・パートナーはぼくよりも背《せ》が高かった。

どんなことを話題にすればいいのかわからなくて、ぼくは困《こま》りきった。始めのうちぼくたちはただ儀礼的《ぎれいてき》な硬《かた》い言葉ばかり交《か》わしていた。どうしても話の糸口が見つからない。お互《たが》いこちこちになって努力するのだが、尋《たず》ねられるとつっけんどんな答えを返し、その答えにまたそっけない質問をするといったぐあいだった。だいぶたって、やっと話がすらすらと運びだした。ぼくたちは将校《しょうこう》のことを話しはじめていた。

そのことなら、彼女はいくらでも話せた。将校の話を聞くのがいちばん好きだと白状《はくじょう》しさえした。彼女自身、将校のことをかなり詳《くわ》しく知っていた。そして、とうとう、一年半まえに戦死した中尉《ちゅうい》だった婚約者《こんやくしゃ》のことを話しはじめた。その夜の残りの時間を、彼女はその話に熱中した。帰り道でもまだ、あの話この話と、夢中《むちゅう》になってしゃべりつづけた。

ぼくはもう一言も口を開く必要はなかった。

灯火管制《とうかかんせい》で暗くなった街《まち》なかのまだ人通りのある道を行くあいだ、ぼくたちは並《なら》んで歩いた。街外《まちはず》れに来ると、彼女はぼくの腕《うで》をとった。

彼女といっしょにゆっくりと歩いているうちに、知らないところに来ていた。

彼女は田舎道《いなかみち》から畑のなかの道へ、さらに麦畑のあいだの細い路《みち》へとぼくを導《みちび》いていった。あたたかい初夏の夜だった。星がまたたいていた。干《ほ》し草《くさ》のにおいがした。小路《こみち》はますます狭《せま》くなっていった。

ふいに、暗いなかに堂々とした建物がぼくたちの前に立ちふさがった。ぐるりを畑と牧草地に囲まれた、大きな門のある農家だった。明かりはどこにもついていない。

「ここがわたしの家よ。」彼女がいった。「みんな、もう寝《ね》ているわ。」

ぼくたちは向かいあって立った。

と、彼女が両手をぼくの肩《かた》においた。指がぼくのすべすべした少尉《しょうい》の肩章《けんしょう》をなでた。そして、つぶやいた。「あんたのこの肩章に、もし星があったら、」親指で肩章の内がわの端《はし》を押《お》した。

「そしたら、わたし、あんたにキスしてあげるんだけど。」

＊

司令官が外出許可証《がいしゅつきょかしょう》を手わたしてくれた。「将校《しょうこう》としての初めての休暇《きゅうか》だな。」司令官はいった。「よーし、たっぷりたのしんでこい！」

小さな温泉町《おんせんまち》で部屋《へや》を見つけるのは簡単《かんたん》なことではなかった。地方支部《しぶ》のリーダーにたのんで、やっと一部屋つごうをつけてもらった。すると早速《さっそく》つぎの日、地元《じもと》の女の子たちが休暇《きゅうか》のあいだぼくの面倒《めんどう》をみるのだと出頭してきた。

ぼくはその女の子たちの家に、順番に食事に招待《しょうたい》された。毎日の訪問《ほうもん》にもっていかなければならない花を工面《くめん》するのは、ひと苦労だった。彼女たちはぼくに自転車を用意してくれた。そして日曜日、ぼくを誘《さそ》って近くの川辺《かわべ》へサイクリングに出かけた。

川辺でぼくたちは甲羅《こうら》干《ぼ》しをし、泳ぎ、食べ、しゃべりあった。ぼくは英雄気取《えいゆうきど》りで、自分がいかに豪胆《ごうたん》か、ほらを吹《ふ》きまくった。彼女たちはなにもかも、素直《すなお》に信じた。

もってきたものを片付《かたづ》けて自転車に積んだとき、もうかなりおそくなっていた。ぼくたちはうたいながら一団《いちだん》となって自転車をとばして帰途《きと》についた。道は畑のまんなかをとおっていた。両がわに等間隔《とうかんかく》で並木《なみき》が植わっている。目路《めじ》のかぎり、ぼくたちのほか、人も車もとおっていなかった。

ぼくはふいにスピードをあげた。けんめいにこいで、女の子たちを置き去りにした。十分に距離《きょり》をあけたところで、ハンドルから手をはなした。手をはなしたまま、曲芸乗りをやった。道の端《はし》から端へジグザグにとばす。それから、ふりむいてみた。

女の子たちはきゃっきゃっとわらった。

それを見たぼくは、ピストルのサックをあけた。ピストルを抜《ぬ》き出《だ》して、走りながらあっちへ一発こっちへ一発、道端《みちばた》の並木めがけて撃《う》った。弾倉《だんそう》がからっぽになるまで撃ちまくった。そしてぼくは英雄《えいゆう》になった自分を感じていた！

＊

「きみは第三兵舎《へいしゃ》の行軍部隊を引率《いんそつ》せよ。」司令官がいった。「西部への移動《いどう》だ。列車はあす十時三十分以降《いこう》積み込《こ》み可能《かのう》。部下として、軍曹《ぐんそう》を一名、伍長《ごちょう》を二名つける。昼食後、きみのところにその三名を出頭させる。」

午後、われわれは行軍部隊全員を整列させた。

伍長《ごちょう》たちが五回も屋内を走りまわったあげく、やっとのことで全員が集まった。

そのあと部隊を整列させるのも、またひと苦労だった。二百人以上もの兵は、みんな背《せ》が高く肩幅《かたはば》の広いやつらだ。鈍重《どんじゅう》な動きをする。灰緑色《かいりょくしょく》の軍服《ぐんぷく》は着ているけれども、かたことのドイツ語しか話せない。仲間うちで話しているのはどうやらポーランド語らしい。

「分捕《ぶんど》りゲルマン人か。」軍曹《ぐんそう》がいった。「やつらがその気になれば、おれたちなんぞ、いちころだな。」

そういって、伍長《ごちょう》も軍曹も兵たちの貨車に同乗することを拒否《きょひ》した。

結局のところ、車内の監視役《かんしやく》はなしという状態《じょうたい》で、われわれは三時間遅《おく》れで出発した。食《しょく》糧《りょう》を支給《しきゅう》する以外は、兵たちをそっとしておこうというわけだ。

「目的地まで全員をつれていくのは、絶対《ぜったい》にむりでしょうな！」というのが軍曹の意見だった。

途中《とちゅう》、比較的《ひかくてき》長い停車の際《さい》、コーヒーが配られた。兵たちは車両のなかか、そうでなければ車両のすぐそばに留《とど》まっていた。

われわれ引率者《いんそつしゃ》はそれぞれ自分のコップをもって机《つくえ》を囲んでいた。

ふいに、十人ほどの兵が乗りこんできた。なにやらわけのわからないことをいったと思うと、さっとわれわれにとりついた。そして、長靴《ちょうか》をぬがし、それをもって降《お》りていった。

思いもかけない出来事に、われわれはただされるままになっていた。

靴下《くつした》はだしでとりのこされ、あっけにとられて顔を見合わせるばかりだ。

「おれたちを軍事《ぐんじ》裁判《さいばん》にかけようという意味だぞ、きっと!」軍曹《ぐんそう》がいった。「撃《う》ち殺《ころ》しゃよかったんだ。少なくとも、叫《さけ》び声《ごえ》をあげるべきだった。」

「しかし、それならなぜやつらは武器《ぶき》を取り上げなかったんでしょう?」伍長の一人がきいた。そして、ピストルを引《ひ》き抜《ぬ》いた。「やりましょうか……」

「やめろ! しまうんだ。」軍曹がいった。「そんなことをすれば、ますます恥《はじ》さらしだ。――やつらは二百人だぞ。――おれたちは四人、それに、靴下はだしじゃないか。」にがにがしげにわらった。

われわれがまだあれこれいいあっているところへ、さきの兵たちがまたドアのかげから現《あらわ》れた。そして、われわれの長靴《ちょうか》をさしだした。――きれいに磨《みが》いてあった! そしてぬがせたときと同じようにわれわれをしっかりとつかんで、はかせた。

「んー、いいやつらだな。」兵たちがいなくなると、軍曹がいった。「家畜扱《かちくあつか》いにするのは、もったいないよ。」

*

列車は猛《もう》スピードで走っていた。

ぼくは窓《まど》ぎわにすわって、進行方向を見ていた。木や垣根《かきね》や家が飛び去っていく。このスピードでは車室のなかは大揺《おおゆ》れだ。

突然《とつぜん》、線路の土手の土が高く飛び散るのが見えた。そういうのを見るのは初めてだった。その土の噴射《ふんしゃ》が列車のスピードに合わせて走るのだ。信号扱《しんごうあつか》い所《じょ》のそばをとおったとき、そこの壁《かべ》のモルタルがはがれているのが見えた。へんだな、とぼくは思った。そして、さらにスピードをあげた機関士に腹《はら》をたてはじめた。

車両全体ががたぴし躍《おど》りだした。まるで線路から跳《と》び上《あ》がらんばかりだ。

そのとき、やっとぼくの耳にパンパンという連続音が聞こえた。列車は最後尾《さいこうび》に無蓋《むがい》の貨車をひっぱっていた。その荷台に高射砲《こうしゃほう》が一台固定されていた。その高射砲が発砲《はっぽう》しはじめた。

同じ車室に乗っていたほかの乗客も、ようやく外で起こっていることに気がついた。

一人が跳《と》び上《あ》がってドアを押《お》し開けた。

ほかの人たちがその男をひきもどした。

つぎの瞬間《しゅんかん》、ぼくたちは重なりあって車室の汚《きたな》い床《ゆか》に伏《ふ》せた。

それは無意味なことだった。だが、ぼくもみんなにならって伏せた。あいだにわりこんで伏せた。

女が一人、叫《さけ》び声《ごえ》をあげた。

やっとのことで、列車のスピードが落ち、ブレーキがかかって……

ドアを開けろ！

ぼくたちは狂《くる》ったように線路の土手をかけおりた。年輩《ねんぱい》の男、女、子ども、兵隊、だれもかれもがもつれあい、恐怖《きょうふ》にかられて湿《しめ》った草原を走りに走った。ぼくも走った。

藪《やぶ》にかけこんで、逃走《とうそう》はやっと止まった。

銃撃《じゅうげき》はとうに終わっていた。

ぼくたちは木々のあいだに立って、いま逃《に》げてきた列車を見た。貨車の荷台の高射砲《こうしゃほう》が確認《かくにん》のためかぐるっと向きを変えている。機関車は無数の穴《あな》から蒸気《じょうき》と水を吹《ふ》き出《だ》し、機関室の窓《まど》から男が一人、逆《さか》さづりにぶらさがって息絶《た》えていた。そして土手の上を重傷《じゅうしょう》の負傷者《ふしょうしゃ》たちがうめきながらはいまわっていた。

＊

完全装備《かんぜんそうび》の行軍を組みあわせた夜の教練。距離《きょり》は五十キロメートルを超《こ》えていた。中隊は分散して、小隊と小隊の間隔《かんかく》をふだんよりあけて行進した。装備《そうび》をかつぎ、兵たちは黙々《もくもく》と歯をくいしばって歩く。顔には徹夜《てつや》のあとがありありと見え、ひげだらけだ。疲労困憊《ひろうこんぱい》で靴底《くつぞこ》が舗道《ほどう》をすっている。

しんがりには下士官が一人、足を傷《いた》めた兵たちを先に立て何梃《ちょう》もの銃《じゅう》を背負《せお》って歩いていた。市の境界《きょうかい》までもどってきたとき、司令官が向こうからやってきた。十分に睡眠《すいみん》をとり、ひげもさっぱりとそって、馬にまたがっている。司令官は馬を道の端《はし》に寄《よ》せて、われわれをじろじろと眺《なが》めた。

われわれの分列行進は、合格《ごうかく》しなかった。

「ここから見ておれば、なんだ、これは！　まるで豚《ぶた》の集団《しゅうだん》じゃないか！」司令官の声が飛んだ。「ただちに改まらんようなら、この小隊は全行程《ぜんこうてい》をもう一度やりなおすっ！――歌！」

先頭の一列が歌の最初の文句《もんく》を叫《さけ》び、号令をかけた。「三、――四！」

兵たちは背《せ》を伸《の》ばした。間隔《かんかく》をつめようと足早《あしばや》になった。だが、「おお、うるわしの、ヴェスターヴァルト……」歌声はとぎれとぎれにしか出なかった。

「歌、やめーっ！――歌ーっ！」

「おお、うるわしの、ヴェスターヴァルト……」歌声は良くなるかわりにさらに悪くなった。

「くそったれ！」司令官の声が鋭《するど》くなった。「きさまら、うたう気がないんだな！――歌、やめーっ！――歌ーっ！」

「おお、うるわしの、ヴェスターヴァルト……」兵たちは最後の力をふりしぼってうたった。怒《いか》りの涙《なみだ》が目ににじみでた。銃《じゅう》の負《お》い革《がわ》にかけた手がぶるぶるふるえている。ちゃんとうたわないものには、後ろのものが情《なさ》け容赦《ようしゃ》もなくくるぶしを蹴《け》っている。

「そらみろ！――なぜ、すぐにそうせんのだ！」司令官が馬を止めた。「歌、やめーっ！――左に曲がれ、――進めーっ！」

ほっとして、ぼくたちは市内に入っていった。

司令官は馬を駆《か》って先頭に立った。「歌ーっ！」

「おお、うるわしの、ヴェスターヴァルト……」

「きさまらが忘《わす》れんように、もう一度！」

「おお、うるわしの、ヴェスターヴァルト……」

兵営《へいえい》に入っていったときもまだ、われわれは「おお、うるわしの、ヴェスターヴァルト……」をうたっていた。

＊

最後の曲が鳴りやんだ。

《ドイツ少女同盟《どうめい》》の女の子を、全員帰宅《きたく》させた。

送別のパーティは終わった。

ケーキを用意してくれた婦人会《ふじんかい》の会長と、兵の送別パーティに団員《だんいん》を出してくれた少女同盟《どうめい》のリーダーは、のこったワインのなかから二本ずつをもらうと、さよならをいって出ていった。

道まで送って出たぼくは、もう一度そこで彼女たちに礼をいって、別れた。

月のない、あたたかい夜だった。

ぼくがホールにもどると、最後のいく組かが裏口《うらぐち》から出ていった。控《ひか》えの間《ま》では、もう軍曹《ぐんそう》と一等兵が一人、待っていた。

われわれは剣帯《けんたい》をしめ、鉄かぶとをかぶって、懐中電灯《かいちゅうでんとう》をためしてみた。

「いやな仕事だな。」軍曹がぶつくさいった。

それから、仕事にとりかかった。

会館は背後《はいご》で公園と隣接《りんせつ》していた。その公園には入り口が二つあった。いちばんの近道をとおり、しかも騒々《そうぞう》しい音をたてながら、われわれはまず裏《うら》の入り口へ行った。

ベンチにいたいく組かのカップルは、われわれの姿《すがた》を見るがはやいか、一目散《いちもくさん》に公園から逃《に》げていった。

「三時間まえには会ったこともなかったやつらが、もう……」軍曹が腹《はら》をたてていった。

われわれは門を閉め、公園をゆっくりと巡回《じゅんかい》しながらもう一つの入り口にむかった。植《う》え込《こ》みから植え込みへ、木立《こだち》から木立へ、たんねんに懐中電灯《かいちゅうでんとう》で照らしてみた。

茂《しげ》みの陰《かげ》から、一組のカップルが見つかった。女は四十歳《さい》、兵は十八歳だった。

軍曹《ぐんそう》が身分証明書《みぶんしょうめいしょ》にはさんであった紙切れをひろげた。「だれだ、これは?」質問した。

「夫よ。」女はつんとして、答えた。

「二か月まえに戦死か。」軍曹はつぶやいて、その死亡通知《しぼうつうち》をたたんだ。身分証明書を返しながら、いった。「おまえなんか、唾《つば》を吐《は》きかけてやりゃいいんだ!」

そして、ペッと唾を吐いた。

8　部下をつれて前線へ

われわれは前線へと出発した。

乗せられた列車は正真正銘《しょうしんしょうめい》の家畜用貨車《かちくようかしゃ》で、豚《ぶた》のにおいがした。においは時間がたつにつれて、耐《た》えがたくなっていった。

途中停車《とちゅうていしゃ》があったとき、一人がわらを一束《たば》、どこからか調達《ちょうたつ》してきた。

われわれは古いわらを走る列車から外にほうりだした。そして床《ゆか》と壁《かべ》を麦芽《ばくが》コーヒーで拭《ふ》いた。だが、においは取れなかった。新しいわらを広げても、まったく同じことだった。

とうとう、大きな引き戸を開けっぱなしにすることにした。走る列車が強い風をまきおこすときだけ、少し楽になった。列車が速度を落とすと、あるいは止まると、ただちに降《お》りてそばを並《なら》んで走ったり線路わきの土手に腰《こし》をおろしたりした。

列車はのろのろと、苦心惨憺《くしんさんたん》という感じの走り方だった。

ぼくがまた降《お》りていたとき、ふいにピーッと汽笛が鳴った。そして、急に動きだした。

ぼくは自分たちの車両にむかって走った。引き戸の鉄棒《てつぼう》につかまり、右足を引き戸の下のほうについている鉄の把手《とって》にのせて、跳《は》ね上《あ》がった。

だがそれは列車の進行方向とは逆《ぎゃく》の動きだった。列車はすでに速度を増《ま》していた。ぼくは倍の抵抗《ていこう》をうけて振《ふ》り落《お》とされそうになった。

ぼくは左手でもつかまろうとした。けれども、左手はなかった！　腕《うで》の残りの丸太《まるた》ん棒《ぼう》が、引き戸の鉄枠《てつわく》に激突《げきとつ》した。

上体でつんのめるのがやっとのことで、ぼくはそのまま気を失ってしまった。

ほかのものがみんなで車内にひきずりこみ、臭《くさ》いわらの上に寝《ね》かせ、焼酎《しょうちゅう》を嗅《か》がせるなどしてくれた結果、ぼくは意識《いしき》をとりもどした。

しかし、腕の痛《いた》みがあまりにもひどく、立つことはできそうにもなかった。

列車はまた速度を落としはじめ、やがて止まった。

ほかのものたちは新鮮《しんせん》な空気を吸《す》おうと、降りていった。

ぼくは一人のこった。が、突然《とつぜん》――汽笛も鳴らないのに――みんなが大急ぎでもどってきた。

そのあとから、司令官が入ってきた。

全員、直立不動の姿勢《しせい》をとった。

一人が報告《ほうこく》した。

ぼくは横たわったままだった。

ただちに司令官が見とがめた。「どうしたんだ、きみは？」

ぼくは答えようと、もがいた。

司令官はピシャリとさえぎった。「なにをもたもたしておる。立て！　立たんか！」

ぼくは体を起こし、ふたたび任務《にんむ》についた。

＊

臭《くさ》いのはほかの車両も同じようだった。

列車が速度を落としはじめると、すぐに兵たちがばらばらと線路の土手に跳《と》び降《お》り、列車にそって走る。

われわれ将校《しょうこう》は司令官からそのことで注意をうけた。

つぎに停車したとき、ぼくは部下の兵たちに、はっきりそうと命令があった場合、または空襲《くうしゅう》をうけた場合以外は、絶対《ぜったい》に列車から外に出てはならないといいわたした。

だが、なんの役にもたたなかった。のろのろ運転と車内の臭気《しゅうき》とで、兵たちは疲《つか》れはてていた。

ぼくは見張《みは》りを倍にした。

けれども番兵たちは仲間の監視《かんし》をいいかげんにした。「おれたちはもう新兵じゃないんだ！」男たちはそういった。そして速度が落ちはじめたと見るや、すぐに跳《と》び降《お》りられるよう入り口の段《だん》に足をかけて待った。

ぼくは腹《はら》がたってきた。叱《しか》り、脅《おど》し、どなった……

むだだった。

つぎに大きな街《まち》の郊外《こうがい》で比較的《ひかくてき》長く停車したとき、ぼくは兵たちを戦闘準備《せんとうじゅんび》のととのった服装《ふくそう》で整列させた。貨物の積《つ》み込《こ》みホームでもう一度命令を徹底《てってい》させる訓示《くんじ》をし、「おれの我慢《がまん》はもう限界《げんかい》だぞ！」という言葉でしめくくった。

訓戒《くんかい》をたれる、ちびの、十九歳《さい》の少尉《しょうい》に、何人かが失笑《しっしょう》した。

ぼくは部下を駅から見えるところにあるサッカー競技場《きょうぎじょう》まで行進させた。まわりの家々の窓《まど》が開いた。見物の人が競技場に集まってきた。大勢《おおぜい》の人たちが見守るなかで、ぼくは兵たちに小銃《しょうじゅう》の教練をした。走る、片《かた》ひざをつく、はう……たっぷり一時間、しごいた。

それから、汚《よご》れ、汗《あせ》びっしょりになった兵たちを行進させて、狭《せま》い貨車のなかへとつれて帰った。飲み水もない貨車のなかへ。

行進しながら、ぼくは歌をうたわせた。「おお、われら兵たるもの、この喜び、この幸せ、……」

＊

機関車はわれわれの乗った貨車を引《ひ》き込《こ》み線《せん》に入れると、どこかへ消えていった。

「少なくとも一時間の停車です。」鉄道員がいった。

あっというまに貨物積み込み口から兵たちがあふれでた。伸《の》びをしたり、わらをふるったり、水を探《さが》したりしている。

だが、フランスのこの大きな駅は空爆《くうばく》で廃墟《はいきょ》と化していた。折れた電柱が線路をふさぎ、架《か》線《せん》が枕木《まくらぎ》にたれさがっている。水は、どこにもなかった。

「水は街《まち》のなかにしかありませんよ。」駅員がいった。

炊事車両《すいじしゃりょう》の一等兵が、水を運んでくるために、軍帽《ぐんぼう》をかぶり剣帯《けんたい》をつけバケツを二つもって駅を出ていった。出かけるとき、炊事係《すいじがかり》の下士官にウィンクしていった。「ここは、ありそうですよ！」

われわれは待った。長いこと、待った。

一時間たっても炊事係の一等兵は帰ってこない。

「どこへ行きやがったか、見当はつくな。」下士官がつぶやいた。

われわれは捜索隊《そうさくたい》を編成《へんせい》した。バケツを二つもった一等兵を探《さが》しにいく捜索隊だ。

「あそこを探してみるといいですよ。」駅員がぼくたちにいった。「たいてい、まずあそこへ行きますから。」そして、道をおしえてくれた。

世界的に有名な大聖堂《だいせいどう》のすぐそばの細い道、その一軒《けん》の家の前にドイツ兵が長い列をつくっていた。一定の間隔《かんかく》でドアが開く。すると衛生隊《えいせいたい》の軍曹《ぐんそう》が兵を一人外へ出し、代わりに一人なかへ入れる。出てきたものはこれから入るものに、にやっとわらい、軍人手帳を胸《むね》のポケットにしまうと、見るからに満足したしぐさで、出てきた家を指さしている。家の窓《まど》はどこもカーテンでかくされていて、ときどき、こちらの窓、あちらの窓のカーテンが少し寄《よ》せられ、女の顔が、待っている兵たちをそっと見下ろした。

その列の、家のドアから遠くないところに、炊事係《すいじがかり》の一等兵が立っていた。両手のバケツには水がなみなみと入っていた。「ここ、だいぶ長いことかかるんじゃないかと思ったんではありますが。」弁解《べんかい》がましくいった。

＊

道はまっすぐ延々《えんえん》とつづいていた。ポプラの枝《えだ》をそよがす風もなく、照りつける太陽が舗道《ほどう》を溶《と》かしていた。

不平たらたら、兵たちは荷物をかついで前線へと進んでいた。前進は遅々《ちち》としたものだった。わずかな日陰《ひかげ》があるごとに立ち止まり、うめき、水をのみ、汗《あせ》を拭《ふ》いて、休憩《きゅうけい》を要求する。

とくに二人の男がひっきりなしにごねた。二人とも刑務所《けいむしょ》から出てきたばかりのところをわれわれの行軍部隊に配属《はいぞく》されてきていた。その二人がほかの兵たちをそそのかした。

ある村で、部隊はまた休憩《きゅうけい》をとった。

曹長《そうちょう》がその二人をつれてきた。

二人はおざなりの敬礼《けいれい》をし、ぼくの前に立っていながら、あたりをきょろきょろ見ている。

「トラックを調達《ちょうたつ》するのは、まあ無理だろう。」ぼくはいった。「しかし、馬車があれば、荷物をのせて運べるんだがな。」

「はい、少尉《しょうい》どの。」二人はうるさそうにいったが、少し気持ちを動かしはじめたのがわかった。

「荷物がなければ、楽に行軍できるんじゃないかな。そう思わないかね？」

二人は目を見合わせて、人をくったような笑顔《えがお》を見せた。今度ははっきりと答えた。「そうであります、少尉どの。」

「なにか方法はないかな？　一度、考えてみてくれ！　わが隊は一時間後に出発だ。」

「わかりました、少尉どの！」二人は声をそろえて叫《さけ》んだ。そしてまわれ右をして、立ち去った。行きながら、一人がもう一人のひじをこづいた。

半時間後、大きな荷台の車がごろごろとわれわれの休憩地《きゅうけいち》にやってきた。全員の荷物を積み、そのうえ足の悪い兵まで乗せられる大きさだ。

ひいているのは、がっしりした、栄養のいい、元気な二頭の馬。みんなが荷台に荷物をのせているあいだも待てないらしく、ひづめの音をさせながら脚《あし》を踏《ふ》みかえている。

ぼくは馬についていている馬具と車を点検《てんけん》した。しかし、持ち主を示すようなものはどこにも見当たらなかった。「どこで手に入れたんだ?」

「見つけたんであります、少尉どの!」二人がいった。

それ以上、ぼくは詮索《せんさく》しなかった。

＊

耐《た》えがたい暑さだった。

低空飛行の敵機《てっき》と太陽から身をまもるために、われわれは樹《き》や茂《しげ》みの下にかくれていた。そこで上半身はだかになり、汗《あせ》をかきながらごろごろしていた。

司令官の呼《よ》び出《だ》しがあったとき、ぼくはシャツをはおっただけで行った。

四方から四人の将校《しょうこう》が集まった。片目《かため》になった中尉《ちゅうい》と、三人の少尉《しょうい》。一人は片足をひきずり、一人は片手損傷《そんしょう》、そして三人めがぼく。みんなシャツ姿《すがた》だった。司令官は完全装備《かんぜんそうび》の軍服姿《ぐんぷくすがた》で両脚《りょうあし》を大きくひらき、広場のどまんなかにつっ立って待っていた。われわれを見ると、まだそばまで行かないうちに叱声《しっせい》を発した。将校としての威厳《いげん》はいかなる場合でも保たねばならんのだ、シャツ姿ではそもそも階級すらわからんではないか、と。

「わかりました、大尉《たいい》どの！」中尉がいって、まわれ右をした。

ところが、司令官は中尉を呼《よ》びもどした。「いや、そのままでいろ、きみたち。」少し調子をやわらげていった。「重要なことを話さねばならん。」

低空飛行の敵機にはまる見え、太陽にはじりじりと焼かれながら、われわれは司令官と向かいあって立った。

「こいつぁろくでもない話だぞ。」隣《となり》の少尉がささやいた。

だまったまま視線《しせん》を地面に落とし、司令官はわれわれ四人の前を行ったり来たりした。右手の人さし指で鼻を押《お》さえている。三度めにとおりすぎようとしたとき、ふいに立ち止まって話しはじめた。「よいか、きみたち！」

われわれはびくっとして、司令官を見つめた。

「きみたち！　われわれの任務《にんむ》は、前線に新しい戦力を送りこむことだ。きみたちの兵がどういうものか、きみたちにはわかっておる。前線の救援《きゅうえん》に送る部隊としては、かならずしも最上のものではない。まだ完全には回復《かいふく》していないもの、前線の経験《けいけん》がないもの、犯罪者《はんざいしゃ》、無責《むせき》任《にん》な卑怯《ひきょう》もの。しかしだ、そのような元来能力《がんらいのうりょく》の低い人間どもでも、きみたちが、きみたち自身が、模範《もはん》を示して叱咤《しった》し鼓舞《こぶ》することができるということも、きみたちにはわかっておるはずだ。」司令官はそこで言葉を切り、われわれのシャツを指していった。「それは、服装《ふくそう》の問題においてもしかりだ！」

われわれは互《たが》いにじろじろと見合った。

司令官はかまわず演説《えんぜつ》をつづけた。「よいか、きみたちの任務《にんむ》は、ああいう兵たちに生きる模範《もはん》を示し、死ぬ模範を示すことだ！」そこで、ちょっといいよどんだ。「おれは今度の出兵できみたちのうちから、高い、いや最高の栄誉《えいよ》を受けるものが出ると思っておる。われわれは血の犠牲《ぎせい》をも恐《おそ》れはしないだろう。……」司令官は話のまっ最中で言葉を切った。「しかし、まずは身辺の小さなことからだ。さあ、ただちに指の爪《つめ》の点検《てんけん》を実行せよ……」

上空に敵《てき》の戦闘機《せんとうき》の一群《ぐん》が現《あらわ》れた。

*

部隊は爆撃《ばくげき》された線路の土手を修復《しゅうふく》するために出動していった。

ぼくはわずかな兵とともに、のこった。

すでに午前中から、かんかん照りだった。

兵たちは農家の納屋《なや》の涼《すず》しい薄暗《うすくら》がりに身をひそめていた。

ぼくは毛布《もうふ》を一枚《まい》もって出ていった。そして十五分ほど行ったところの、広い、ひっそりとした牧草地のまんなかに毛布をひろげた。

まわり一帯、人影《ひとかげ》はぜんぜんなかった。

ぼくははだかになって、陽《ひ》を浴びてねころんだ。軍服《ぐんぷく》と下着は重ねて毛布のそばにおいた。

やがて、眠《ねむ》ってしまった。

爆音《ばくおん》。双胴《そうどう》の爆撃機《ばくげきき》が三機、超低空《ちょうていくう》で牧草地の上を飛んでいった。

ぼくはまた目をつむろうとした。

ところが、もどってきた。牧場の上を大きく旋回《せんかい》して、もどってくる。

おかしいな、と思って見つめた。

先頭の一機がまっすぐにつっこんできた。

目標はぼくだ。ぼくは跳《と》び上《あ》がって、牧場を走った。

機銃掃射《きじゅうそうしゃ》のたたきつけるような音が爆音《ばくおん》をしのいでひびいた。そして、どよめく爆音だけになった。機影《きえい》がぼくの頭上をかすめた。上昇《じょうしょう》しながら、ふたたび機銃掃射の音。

ぼくは牧場を必死で走った。

早くも二機めが飛んできた。一機めよりさらに低空だ。銃弾《じゅうだん》が牧場を引《ひ》き裂《さ》く。

その瞬間《しゅんかん》、ぼくは小川に到達《とうたつ》した。飛びこんだ。狭《せま》い川底に体を押《お》しつけた。玉石のなかにもぐった。息をつめ、顔を水中にかくして……

銃撃音《じゅうげきおん》がやんだ。爆音《ばくおん》だけになった。そして、遠ざかっていった。

＊

住民は町を立《た》ち退《の》いたのか、それとも、地下にひそんでわれわれが出ていくのを待っているのか。

町にいるのはわれわれの部隊だけだった。われわれは小さな公園に腰《こし》をおろして、ワインを飲んでいた。まわりの家の貯蔵庫《ちょぞうこ》からもってきた、この上もなくおいしいワインだ。

銃声《じゅうせい》が一発した。

金切り声《かなきりごえ》でわめき、両手をふりまわしながら、フランスの女が一人、われわれの方へ走ってきた。興奮《こうふん》して早口でしゃべるので、なにをいっているのかだれにもわからない。しきりに同じ方向を指さしている。

と、また銃声。

われわれは銃をとり、四人かたまってその老女が指さす建物に近づいていった。

老女はいっしょに来るのをこばんだ。

三発めの銃声がした。

われわれは銃の安全装置《あんぜんそうち》をはずし、その家に入っていった。

四発めの銃声がにぶくひびいた。

足音をしのばせて廊下《ろうか》を進んだ。狙撃兵《そげきへい》は二階の奥《おく》の部屋《へや》にいるらしい。銃に装塡《そうてん》する音が聞こえた。

五発めの銃声《じゅうせい》が家全体をゆるがせた。

つぎの装塡《そうてん》がなされるまえに、下士官がドアを蹴《け》りあけ、さっとわきに身をかくした。

全員の銃口《じゅうこう》が開いたドアにむけられた。

「手を上げろ！　出てこいっ！」

ドアの枠《わく》にぬっと現《あらわ》れたのは、われわれの部隊の上等兵だった。銃を手にしたまま、きょとんとした顔でわれわれを見ている。

「きさま、ここでなにを撃《う》っているんだ？」

上等兵はわれわれを部屋のなかへ案内して、大きな金庫を指《さ》し示《しめ》した。「まだ、金が入っているんじゃないかと思って、」なんの悪気《わるぎ》もない顔つきでいった。「鍵《かぎ》をぶちこわしてやろうと、撃《う》っていたんであります。」

曹長《そうちょう》が上等兵の銃をとりあげた。そして、問いただした。「略奪《りゃくだつ》にはどんな刑《けい》が科せられるか、きさま、知らんのか?!」

地下室に人の背丈《せたけ》ほどの樽《たる》が四つ横たわっていた。直径は肩幅《かたはば》より少し広い。うち三つは両がわとも底がなくなっていた。四つめの樽には、まだリンゴ酒が入っていた。

コップにリンゴ酒をなみなみとついでは飲むうちに、われわれはこの地下室で寝《ね》ようということになった。地下室は造《つく》りが頑丈《がんじょう》らしく、外の戦闘《せんとう》の騒音《そうおん》もかすかに聞こえるだけだったからだ。

「おれはこの樽《たる》のなかで寝よう。」中隊長がいった。「このなかなら、天井《てんじょう》からなにが落ちてきても、おれの頭は無事だからな。」

われわれはパンにバターをぬり、リンゴ酒を飲み、焼けたチョコレート工場からとってきたチョコレートを食べた。それから樽《たる》にわらを敷《し》きつめて、もぐりこんだ。樽に入ると声がおもしろくひびくので、「おやすみ!」の挨拶《あいさつ》までしあった。木がリンゴ酒の芳香《ほうこう》を放って、ここちよく眠《ねむ》りをさそってくれた。

*

最後の巡回《じゅんかい》から帰ってきた伝令兵がやってきたとき、目が覚めた。伝令兵は樽《たる》のなかにいるわれわれを見てわらった。そしてとうとう自分もベッド用の樽がほしいと中隊長にたのみはじめた。中隊長は半分眠《ねむ》りながら答えた。「自分でひとつ見つけてこい。」

地下室はまた静かになった。

伝令兵がリンゴ酒を自分の水筒《すいとう》に入れている音が聞こえた。

つづいて桶《おけ》にも入れている。

ふいに、轟音《ごうおん》が地下室いっぱいにひびきわたった。

われわれはぎょっとして樽《たる》からはい出た。

リンゴ酒の小川がぼくたちの足をおおって流れていた。

まだ半分入っていた樽《たる》の底を伝令兵がたたきぬいたのだった。ぜんぶ流れ出てしまうと、伝令兵はわらでなかをふいて乾《かわ》かし、入って寝た。

だが百リットル、あるいは二百リットルものリンゴ酒は、地下室の床《ゆか》に吸《す》われてしまった。

＊

「いっしょに乗っていけばいいです、少尉《しょうい》どの！」下士官が提案《ていあん》した。「戦車で指揮《しき》してください！」

「しかし、おれはまだ戦車に乗ったことがないんだぞ。なんにもわからないよ。」

「たいしたこと、ないです！」下士官はそういって、ぼくをせかせた。「さ、乗ってください、少尉《しょうい》どの。早くしないと、ここから出られなくなります。」

ぼくは戦車によじのぼって砲塔《ほうとう》のなかに入った。

下士官は、地図で、この包囲網《ほういもう》からまだ抜《ぬ》け出《で》ることのできるたった一つの道をぼくに示した。それから最小限《さいしょうげん》必要な操縦《そうじゅう》方法を説明した。

夕闇《ゆうやみ》の迫《せま》るなか、われわれはあと二台の戦車をしたがえて、フランスの農家の前庭からガタガタと出ていった。やがて、運命を決するその道の入り口に来た。

狭《せま》い道で、おまけに左端《はし》は急な下り斜面《しゃめん》の土手になっている。トラック、馬車、ジープ、バスなどの乗りものが目路《めじ》のかぎり長蛇《ちょうだ》の列をなして足踏《あしぶ》み状態《じょうたい》だ。そのあいだをぬって徒歩でいく部隊もある。何台かのオートバイだけが、無限《むげん》につづく行列のそばをうなりをあげて走っていく。行列そのものは一寸《いっすん》きざみにしか進んでいない。

ぼくは戦車を止めた。

「どうしたんでありますか?」下から下士官が尋《たず》ねた。

「道がいっぱいなんだ。並《なら》ばなくては。」

「並ばなくては!」下士官はあざわらうようにまねをした。そして砲塔《ほうとう》にわりこんできた。

目の前はずっと向こうまで車と人の大集団《だいしゅうだん》だ。

下士官は首を横にふった。「並んでなどいたら、ぜったいに出られませんよ!」そしてすぐ前にいた馬車の御者《ぎょしゃ》にどなった。「どいてくれ!」

御者は人さし指で額《ひたい》をコツコツとたたいて、どなりかえした。「どけるもんか! 見りゃあわかるだろ。土手のがけっぷちにいるんだぞ!」

「どけるかどけんか見せてやる!」下士官は歯をくいしばったまま いった。そして、われわれの前にいる運転手全員に聞こえるほどの大声で叫《さけ》んだ。「戦車、前進!」

恐《おそ》ろしい怪物《かいぶつ》が、馬車をめがけてガタガタと進みはじめた。馬がいきりたって脚《あし》をばたつかせた。

御者《ぎょしゃ》は悪態《あくたい》をついた。鞭《むち》をふりあげ、われわれにむかって打ちおろした。だが、ついにおいぼれ馬を斜面《しゃめん》の方へよけさせた。

馬車が傾《かたむ》き、そして倒《たお》れた。

「どうだ！」下士官は満足げににやっとわらった。「こうするんです、われわれは！」そして、ぼくを下に追いやった。

ぼくはそのまま最後まで下にいた。慣《な》れない騒音《そうおん》で頭がガンガンした。あっちに飛ばされこっちに飛ばされて、ゴツンゴツン打ってばかりいた。

下士官は、どんな狭《せま》いところでも、どんな障害物《しょうがいぶつ》のあるところでも、自分の戦車をどんどん進ませた。そののしりや叫《さけ》び声《ごえ》は、エンジンの騒音をはるかにしのいでいた。

あとはもう一度も止まらず進み、こうしてわれわれは包囲網《ほういもう》からみごと脱出《だっしゅつ》した……

9 混《こん》乱《らん》

昼飯どき、われわれは村のレストランを見つけて入っていった。黒っぽい服を着た婦人《ふじん》がかるくおじぎをして迎《むか》えた。そして、無言《むごん》で食堂へと招《しょう》じ入れた。

われわれは面食《めんく》らった。

黒っぽい茶色のどっしりした木組みが低くあらわに見える天井《てんじょう》、壁《かべ》にはあちこちに古い銅版《どうはん》画《が》がかかっている。まっ白のテーブルクロスがかけられた食卓《しょくたく》には、どこもみな花がいけてあり、みごとな食器、澄《す》んだ美しいグラス、銀のナイフとフォーク、そしてほんものの大きなナプキンがおいてあった。

少数のフランス人の客が、ナイフとフォークの動きを止めた。話を中断《ちゅうだん》し、拒否《きょひ》するような目つきでわれわれを見た。

われわれはちょっとためらった。が、やはり入り口近くの席にすわった。メニューから、オードブル、魚料理、肉料理、野菜、チーズを選び、ワインも決めた。

ところが、それらが運ばれてくるのを待っていたとき、ふいにさきの婦人《ふじん》がぼくの椅子《いす》のそばに来て立った。ボーイのように右腕《うで》にたたんだ布《ぬの》をかけている。婦人はそっとせきばらいをした。われわれは話をやめて、婦人を見上げた。

婦人はなにもいわない。

なんの用なのかわからなかったので、ぼくは立ち上がった。

すると、ぼくの腕に自分の腕をかけ、かるく手で押《お》しながら、食堂からつれだした。そして台所をとおり、中庭の大きな手洗い場へとつれていった。

ぼくはやっとわかって、水道の栓《せん》を開けた……

ところが、婦人がぼくの戦闘服《せんとうふく》の上着の袖《そで》をたくしあげ、シャツの袖もたくしあげて、石鹸《せっけん》をとってぼくの手を洗いはじめた。無言《むごん》で、あたりまえのことのように。そして、きれいな布《ぬの》で拭《ふ》いてくれた。

ぼくは失礼を詫《わ》び、お礼をいい、もう一度失礼を詫びた。

婦人は首を横にふり、手でさえぎった。そしてつれて出たと同じように、また食卓《しょくたく》へとつれてもどった。

＊

真夜中、トラックはフランスの小さな町の市役所前広場に止まった。われわれは荷物を下ろしてから、跳《と》び降《お》りた。トラックはまた走っていった。

伸《の》びをし、あたりを見まわしてみた。町は眠《ねむ》っていた。窓《まど》という窓はみな黒々として、どこかでだれかがまだ起きていると思われる光の筋《すじ》一本も見えない。

「おれはこの土地を知っているんだ。」少佐《しょうさ》がいった。「泊《と》まれるところを探《さが》してくる。」そして自分のかばんをもって消えていった。

通信援助隊《つうしんえんじょたい》の女性たちは荷物を一か所にまとめ、その上に腰《こし》をおろした。互《たが》いにもたれあってあくびをしている。やがて、一人、また一人と眠《ねむ》りこんでしまった。だが、彼女たちはきちんとすわった姿勢《しせい》をくずさない。眠りながらよろけることさえない。

ぼくは自分の背嚢《はいのう》に腰《こし》かけ、けんめいに目をあけていた。ピストルはサックの蓋《ふた》を開けて前にまわしてある。

教会の塔《とう》の鐘《かね》が十五分ごとに鳴った。

少佐《しょうさ》はもどってこない。

ぼくは眠りこまないようにと、立ち上がって寝《ね》ている女性たちのまわりをぐるぐる歩いた。一時間たった。ぼくは少佐を探《さが》しにいこうと決心し、彼女たちを起こした。

ぼくが出かけるまえに、彼女たちは荷物をかきまわしてそれぞれピストルを取り出した。それをひざの上において、また寄《よ》りかたまった。

ぼくは市役所前広場をあとにし、家々の壁《かべ》に身をひそめながら大通りへ出た。百メートルも行かないところで、それとわからないほどの明かりで《将校《しょうこう》クラブ》という看板《かんばん》が出ているのを見つけた。呼《よ》び鈴《りん》を鳴らした。

三回も鳴らしたあげく、やっと軍曹《ぐんそう》があくびをしながら現《あらわ》れた。ねまきの上に戦闘服《せんとうふく》をはおっている。

ぼくは少佐のことを尋《たず》ねた。

「来ておられます。」軍曹《ぐんそう》はねむそうに答え、少佐の部屋《へや》へぼくをつれていってノックした。

少佐はいっこうに出てこない。だいぶたって、ドアを細めに開けた。

「おれを夜中に起こすとはなにごとだ！」ぼくを見るなり、どなった。

「われわれはあれからずっと市役所前広場で待っているのでありますが。」ぼくはいった。

「このクラブには一部屋しか空いてなかったんだ。」そういってから、恩《おん》きせがましくつけくわえた。「その軍曹に尋《たず》ねてみろよ！　きみとあの女の子たちに、どこか見つかるだろ！」そして、ドアを閉《し》めた。

＊

その小さな温泉町《おんせんまち》に着いたのは、もうおそかった。ぼくは荷物の中からフランスの板チョコを二枚《まい》とりだした。それをもって近くの店に入り、ちょっとしたものを買ってから、その二枚のチョコレートをプレゼント用に包んでくれないか、たのんだ。女店員はチョコレートに目をみはり、のどから手が出そうなようすだった。けれどもリボンまで探《さが》しだして大きな蝶結《ちょうむす》びにして飾《かざ》ってくれた。

プレゼントを手に、背嚢《はいのう》を背負《せお》って、ぼくはその家へとむかった。

もう暮《く》れはじめていた。

家の前に、国防軍《こくぼうぐん》の印がついた車が止まっていた。

階段《かいだん》をのぼって、呼《よ》び鈴《りん》をおした。

なかは、しんとしていた。長いあいだ、しんとしていた。そして、足音がした。彼女だ。もの音のすべてが、ぼくの知っているそのままだ。

彼女は玄関《げんかん》の鏡の前で立ち止まる。いま、ちょっと髪《かみ》に手をあてて直している。

ドアが開いた。

「まあ！」彼女は驚《おどろ》いていった。

ぼくは手を空《あ》けようと、チョコレートの包みをわたした。

彼女はお礼もいわない。言葉を探《さが》している。片手《かたて》を開けかけたドアの把手《とって》に、片手にチョコレートをもったまま、立ちつくしている。

ぼくは一歩彼女の方へ寄《よ》った。

「だめ！」彼女がさえぎった。「お入りになっていただけないの。父も母もいないの。」

コート掛《か》けに将校《しょうこう》の帽子《ぼうし》と革帯《かわおび》がかかっているのが見えた。

そのぼくの視線《しせん》に、彼女は気づいた。「戦争なんだもの！」いった。「あなたが帰っていらっしゃるなんて……」

＊

デンマークでの日曜日の昼まえ。

昼飯を待っていた。草原で卓球《たっきゅう》をしているものがいる。それを眺《なが》めているものもいる。ぼくも見ていた。

まっ青《さお》に澄《す》んだ空から陽光がふりそそぎ、海からはかろやかな風が吹《ふ》いてくる。

「ピクニック日和《びより》だな！」大尉《たいい》が明るい声でいって、ラケットで空をさした。

と、かすかな爆音《ばくおん》が空気をふるわせた。音は急速にふくれあがり、陸の方から爆撃機《ばくげきき》の編隊《へんたい》がかなりの高度で近づいてきた。

「やつら、また、おれたちの故郷《くに》に落としてきたな。」大尉がののしった。

急に、風を切るうなりとダダダッという連続音が爆音《ばくおん》をしのいでひびいた。

「あそこ！　あそこ！」一人が叫《さけ》んで北の方を指さした。

爆撃機《ばくげきき》の編隊《へんたい》を護衛《ごえい》していた戦闘機《せんとうき》が数機、急降下《きゅうこうか》して地面の一点を攻撃《こうげき》している。

「あそこには、わが軍のものはなんにもないのに！」大尉《たいい》がふしぎそうにいって、卓球のラケットを台の上に投げた。「行こう！」車に跳《と》び乗《の》った。「きみ、低空飛行をするやつらに経験《けいけん》があるだろ。いっしょに来てくれ！」ぼくをうながした。

ぼくはフェンダーの上にうずくまって、車が北への道を走るあいだ、空に視線《しせん》をむけていた。

爆撃機《ばくげきき》の編隊《へんたい》は遠くに消え去り、低空飛行の戦闘機《せんとうき》ももう見えなかった。

ぼくたちは前方に上がっている黒い煙《けむり》めがけて走った。

だが、道はその目的地をとおりこした。

大尉は線路の土手のむこうがわでハンドルを切って草原に車を乗り入れ、牧草地をつっきって走った。

線路は牧草地のなかを走っていた。その、広い牧草地のまんなかに、列車が止まっていた。

機関車から灰色《はいいろ》の煙《けむり》がもうもうと上がっている。

ぼくたちは車を止め、歩いて近寄《ちかよ》っていった。

線路のそばの牧草地の上に、オーバーやさまざまな衣服でおおわれて、死体が横たえられていた。二十人ほどの、男、女、そして子どもたち。

ぼくたちはその列にそって一足一足進んだ。

「みんなデンマーク人だ。戦争だからって、この人たちがなにをしたっていうんだ？」大尉がつぶやいた。そして死体に黙礼《もくれい》して、わきをむいた。「日曜日のピクニックに出かけようとしていただけじゃないか！」

＊

その屋根裏部屋《やねうらべや》はドイツ国防軍《こくぼうぐん》に接収《せっしゅう》されていた。町はずれの獣医《じゅうい》の家だった。

ぼくは鍵《かぎ》をうけとり、その部屋に引《ひ》っ越《こ》した。

広くて明るくて、とても清潔《せいけつ》な部屋だったが、備付《そなえつ》けは質素《しっそ》なものだった。

その部屋へ行くには、家中を、家族の居室《きょしつ》のそばをすべてとおらなければならなかった。けれども、家族の人たちに自己紹介《じこしょうかい》をする機会はぜんぜんなかった。ぼくがドアを開けるやいなや、家中すべてのドアがピタリと閉《し》まる。ぼくのノックは聞こえないかのようだった。

たった一度、子ども部屋のドアがほんの少し開いていた。だれかがのぞいている。ぼくがそちらを見ると、とたんに目が消えてさっとドアが閉まった。

ぼくは朝勤務《きんむ》に出かけ夕方帰ってきたが、いつも、まるで人っ子一人いない家のなかをとおるようなぐあいだった。

それは何週間もつづいた。

日曜日、ぼくはよく窓辺《まどべ》に立って庭を見下ろした。けれども、その季節に庭に出るものはいなかった。

冬の夜、ぼくは自分の部屋にこもって本をよんだ。

ぼくの部屋の両隣《りょうどなり》にはその家のお手伝いの女が住んでいた。ときどき、彼女たちは恋人《こいびと》を迎《むか》え入《い》れた。

恋人たちが靴下《くつした》はだしで階段《かいだん》を上がってくる音が聞こえる。ささやき、身をゆだね、愛撫《あいぶ》し、なじり、泣き、喜ぶのが聞こえる。だが、人の姿《すがた》は見えなかった。

ある日、その土地で、軍曹《ぐんそう》が獣医《じゅうい》を指さして、ぼくの家の主人だといった。ぼくの知らない人だった。

聖《せい》マルティノの夜（ローマの軍人でのちに聖者となった聖マルティノを記念して十一月十一日に行われる教会のお祭りの日。子どもたちがちょうちん行列をして祝う・訳註）、その家では客を招《まね》いて祝った。台所で食器のふれあう音がした。話しあう人声。だれかがピアノを弾《ひ》いた。歌声も聞こえた。

おそくなって、ぼくの部屋のドアがかすかにノックされた。

「どうぞ！」ぼくはいった。

けれどもだれも入ってこない。

ぼくは立っていって、ドアを開けた。

ドアの前の床《ゆか》に大きな盆《ぼん》が置かれていた。リキュール、ワイン、ビールのグラスが並《なら》び、さまざまなクッキーや煙草《たばこ》が盛《も》られたそのまんなかに、こんがりとおいしそうに焼けた聖《せい》マルティノのがちょうのもも肉が一本あった。

＊

朝、なんの気なしに、ぼくは当番兵のことで上級曹長《そうちょう》に文句《もんく》をいった。

その当番兵はまだ若《わか》かった。しかし、働かなかった。さぼってばかり、なにもかも手入れもせずにほったらかしにする。叱《しか》ると、仕返しをした。

「即刻《そっこく》、改めます、少尉《しょうい》どの。」上級曹長《そうちょう》はそういって、ぶあつい手帳になにやら書きとめた。勤務《きんむ》が終わって帰ってきたとき、ドアの鍵《かぎ》がもうきしまないのに気がついた。だれかが油をさしたにちがいない。部屋《へや》のなかに入って、おどろいた。

なにもかも、きちんとあるべき場所にある。ベッドは模範的《もはんてき》にととのえられ、窓《まど》ガラスは曇《くも》りひとつない！　床《ゆか》も光っている。机《つくえ》の上には野の草花をいけた小さな花瓶《かびん》がおかれ、洋服だんすにはブラシをかけた軍服《ぐんぷく》がかかり、その下の長靴《ちょうか》はまるで鏡のようだった。

ただ、新しい当番兵自身の姿《すがた》はなかった。

ぼくは上級曹長のところへ行った。

上級曹長は給食下士官の倉庫にいて、なにか食べていた。脂《あぶら》のついた指がズボンにさわるのをきらって、腕《うで》を棒《ぼう》のように伸《の》ばして直立不動の姿勢《しせい》をとった。びっくりして口にものを半分ふくんだまま、きいた。「ご満足いただけませんでしたか、少尉《しょうい》どの？」

「満足だよ！――しかし、どこにいるんだ、そいつは？」上級曹長は口の中のものをのみこんで、わらった。「補習授業《ほしゅうじゅぎょう》であります！」そういいながら、右手をにぎって親指だけ立て、それを下にむけた。「掃除《そうじ》はできるのでありますが、それ以外はからっきしという野郎《やろう》でして！」上級曹長《そうちょう》はまかせてくださいというふうに、にやっとした。「もどって来しだい、出頭させます、少尉《しょうい》どの！」

夜になって、新しい当番兵がやってきた。まだはあはあ息を切らし、戦闘帽《せんとうぼう》のひさしに汗《あせ》がにじんでいる。戦闘服が胸《むね》のあたり、ぶかぶかだ。ちょっと背《せ》をまげて立った。

「きさま、当番兵をひきうけるか？」

「はい、喜んでやらせていただきます。」当番兵はふいにうれしそうな笑顔《えがお》になった。口を開くと手が動く。「自分は家でもやっておりますから。」洋服だんすのところへ行って、あけた。「まだ汚《よご》れた下着があるのを見つけてありますです。あれをいまからすぐに洗ってきます。」いちばん下の棚《たな》から下着をとりだした。それを両腕《りょううで》にかかえると、断《ことわ》りもせずにぼくのベッドに腰《こし》をおろした。「自分は大家族なんであります。でありますから、習い覚えたんですよ。自分には子どもが八人おります。いちばん上は、もう二十歳《さい》です、少尉どの。」

ぼくは十九歳だった。

＊

規定《きてい》の起床《きしょう》時間より一時間早く、当直下士官が兵員室に寝《ね》ている全員をたたき起こして廊下《ろうか》に集合させた。ねぼけまなこで、彼らはねまきのまま整列させられた。くしゃくしゃの髪《かみ》、まだ端《はし》がくっついたまぶたの、やせこけた十七、八歳《さい》の少年たち。寒そうにふるえながら、自分の整列する位置がわからなくてこづきあっている。「なにがあるんだい？」小声で尋《たず》ねあっている。

当直下士官はなにも答えてやらない。全員を廊下の端《はし》まで進ませてから、そこにいる軍医大《たい》尉《い》に報告《ほうこく》した。

軍医大尉は白い上着をはおって、少年たちにいった。「さて、それでは、きさまらのうちにもう売春婦《ばいしゅんふ》からなにかもらってしまったものがいないかどうか、診察《しんさつ》するとしよう！」そして背《せ》もたれのない椅子《いす》にすわると、部下の衛生兵《えいせいへい》二人をそばに手招《てまね》いた。

「自分はもう帰っていいでしょうか？」ぼくは尋《たず》ねた。

軍医大尉は首を横にふった。「規則《きそく》では部隊の将校《しょうこう》が一人、同席しなければいかんことになっている。」

ぼくは廊下の窓《まど》にもたれた。

「みんな、よく聞け！」衛生軍曹《えいせいぐんそう》が大声でいった。「一名ずつ軍医大尉どののすぐ前に進み出る。そして、命令どおりのことを正しく行う。わかったか？——最初の十名、ねまきを上げろ！」

ためらいがちに、恥《は》ずかしそうに、新兵たちはねまきをたくしあげた。

「一番のもの！」

「もっと近くへ！」軍医大尉がいった。それから全員に説明した。「おれの前に出るときは、左手でねまきをもち、右手でペニスをもつ！」

最初のものが軍医大尉にいわれたとおりのことをした。

すると、軍医大尉がいった。「包皮《ほうひ》をめくる——押《お》す——包皮、もとへ——せきをする——よし。」

「つぎ！」衛生軍曹が叫《さけ》んだ。

「つぎ！……つぎ！……つぎ！」

＊

夜、爆撃機《ばくげきき》が空爆《くうばく》の帰途《きと》われわれの宿舎《しゅくしゃ》の上を飛ぶことが多くなった。迎撃《げいげき》をうけて破損《はそん》した機は、たいていの場合、低空飛行で海にしのび出る。そんなときは爆音《ばくおん》が轟音《ごうおん》となってバラックが揺《ゆ》れた。窓《まど》ガラスがカチャカチャ鳴って、飛び散ることもよくあった。

われわれは天井《てんじょう》の下で首をすくめた。

ある夜、損傷《そんしょう》した機のうちの一機が、われわれのバラックからさほど遠くない砂丘《さきゅう》に墜落《ついらく》し、粉《こな》ごなに砕《くだ》け散《ち》った。

破片《はへん》がわれわれの整列広場にまで飛んできた。

そんなことがあった結果、低空飛行の敵機《てっき》はありったけの武器《ぶき》をとって迎《むか》え撃《う》て、という命令が出た。そういう機はすでに戦力が落ちているだろうからというのが理由だった。

のこっている武器といえば、ピストルと、小銃《しょうじゅう》と、機関銃《きかんじゅう》がすべてだった。われわれは宿営《しゅくえい》地《ち》に三脚《さんきゃく》を立て機関銃をおいて歩哨所《ほしょうじょ》をつくった。飛行する目的物を射撃《しゃげき》するために、機関銃に照尺《しょうしゃく》をくっつけて照明弾《しょうめいだん》を装填《そうてん》した。その装備《そうび》で、つぎの飛来を待った。

早くもあくる日の夜、たった三、四機になった編隊《へんたい》が低空飛行で近づいてきた。機関銃《きかんじゅう》のそばで待機していた歩哨《ほしょう》は、悠然《ゆうぜん》とかまえて爆撃機《ばくげきき》を照尺《しょうしゃく》の中まで飛来させた。そして、引き金を引いた。

機関銃は狙《ねら》いをさだめた爆撃機にむかって、緑に光る弾《たま》を撃《う》ち上《あ》げた。たかだか十発ほど撃ったところで……

突如《とつじょ》、怒《いか》りの嵐《あらし》が巻《ま》き起《お》こった。

攻撃《こうげき》をうけた機が、ただちに応戦《おうせん》したのだ。搭載砲《とうさいほう》と機関銃でわれわれめがけて弾の雨を降《ふ》らせはじめた。爆音《ばくおん》がひときわすさまじくなった。

ほかの爆撃機も攻撃《こうげき》された機を援護《えんご》した。一機は小さな爆弾《ばくだん》を落としさえした。

われわれの機関銃の音がやんだ。

みんな、地面に、あるいはベッドの下に、身を伏《ふ》せていた。

翌日《よくじつ》、攻撃《こうげき》の命令がとりさげられた。

10 崩《ほう》壊《かい》

祖父《そふ》の小さな家はやられていた。

母も、祖父母《そふぼ》も、空襲《くうしゅう》の恐《おそ》れの比較的《ひかくてき》少ない区域《くいき》に移《うつ》されていた。

灰色《はいいろ》の単調な壁《かべ》がつづく通りを、ぼくは母にわりあてられた家をさがして歩いた。

母はみすぼらしい労働者用の建物に住んでいた。一階の小さな一部屋《へや》に、古い家具をぎゅうぎゅう詰《づ》めにして、住んでいた。

ぼくが入っていったとき、母はくすんだ茶色の炊事戸棚《すいじとだな》の脇板《わきいた》にもたれていた。

青い顔で、ものもいわずにぼくを見つめた。握手《あくしゅ》に応《おう》じることもしない。

ぼくはかばんをわきにおいた。母がまだだまっているので、目に入った棚《たな》の上のラジオのスイッチを入れた。

「やめて。」母はいって、コンセントからプラグを抜《ぬ》いた。「家主《やぬし》から禁止《きんし》されているのよ

——電気を食うから。」

腰《こし》をおろす空間をつくろうとして、ぼくは机《つくえ》を押《お》した。きしんで音がした。母ははっとして身をすくめ、自分で机をもちあげてわきへやった。

「父さんからだいぶ長いあいだ手紙もらってないんだけど、母さんのところにはきちんと来てるかい？」話の糸口を出そうとして、そういった。

母の目から、どっと涙《なみだ》があふれでた。声はひそめてだが、がまんもせずに思いきり泣きだした。戸棚《とだな》から、汚《よご》れた、しわくちゃになった手紙をとりだして、ぼくにわたした。「あんたにどう書けばいいか、わからなかったの。」つかえつかえ、小声でいった。

父は行方不明《ゆくえふめい》になっていた。

夕方になった。母はぼくにパンを一枚《まい》出してくれた。

「おじいちゃんとおばあちゃん、おんなじ通りに住んでるんだろ。ここへ来ないのかい？」

ぼくはきいた。

また、母は泣きだした。「来ちゃいけないのよ。家主《やぬし》がおじいちゃんが来るのを禁止《きんし》してるの。」長い沈黙《ちんもく》のあと、ためらいながらつけくわえた。「あんたも、ここにいてはいけないの。

家主さん、許可《きょか》してくれないの。守らなかったら、ひどいんだから。」そして、初めて声をあげて泣いた。「ああ、もう辛抱《しんぼう》できないわ！」

＊

一般《いっぱん》船員室では兵たちが寝板《ねいた》に横たわって、本を読んだり、眠《ねむ》ったり、トランプをしたり、もう一通とばかり家への手紙を書いたりしていた。

われわれ五人の将校《しょうこう》には広い船室があてがわれた。全員、少尉《しょうい》だった。だが一人だけはほかの四人よりかなり年上のようだった。袖章《そでしょう》もぼくたちのと同じではなかった。選ばれたものたちからなる、ある有名な部隊の将校だったのだ。

われわれはお互《たが》い慣《な》れるのに少し時間がかかった。やがて、初めての食事の時間がきて、しっかりと固定された机《つくえ》を囲んで席についた。

われわれの前には、バターの包みがいくつか、パンがひと山、輪になったやわらかいソーセージが二、三本、そのうえさまざまなサラミソーセージが山とおかれていた。短い航海《こうかい》の出動用糧食《りょうしょく》としては十分すぎる量だった。

さあ食べはじめようというとき、ふいに年上の少尉《しょうい》がそれらすべてを自分のほうにひきよせた。われわれはおどろいて彼を見た。

「なにをするんだ?」一人が尋《たず》ねた。

「おれが分配する。」選抜将校《せんばつしょうこう》が答えた。

「しかし、そんな必要はないだろ。こんなにたくさんあるんだぜ。ぜんぶ食べてしまうことなんて、できっこないよ。」われわれ他のものは請《う》け合《あ》った。

「それでも、おれは分配したい。」年上少尉はいいはった。

「じゃあ、ぜんぶ切らなきゃいけないじゃないか。切ったら乾《かわ》くし、だめになってしまうものだってある。」われわれは反論《はんろん》した。

「それにだよ、各自が自分の食糧置場《しょくりょうおきば》をつくるような場所はないよ。」一人が意見をいった。

「船から降《お》りるとき、一つ一つのものをどうやって包むんだい?」別の一人が尋ねた。

選抜少尉《せんばつしょうい》の顔がまっ赤《か》になった。声が鋭《するど》くなった。「それならいう。おれの考えでは、どれが自分にわりあてられているのかわからないままに、このいっしょくたの中に手を伸《の》ばすのは、ドイツ将校《しょうこう》の品位にかかわるんだ!」そういって、なにもかもをきっちり分けた。そして自分の分をもち、われわれといっしょの食卓《しょくたく》で食べないですむように、自分のベッドの端《はし》に行って腰《こし》をおろした。

＊

十六時きっかりに師団長《しだんちょう》の副官《ふくかん》のもとに出頭することになっていた。前線司令部に着いたとき、まだ十五分まえだった。ぼくはいくつもの待避壕《たいひごう》のあいだをぶらぶらしてから、一分たがわず約束の時間に副官の戸をノックした。

「入れ！」間髪《かんはつ》を入れず声がして、ぼくはひどく不機嫌《ふきげん》に迎《むか》えられた。「もう十分もここにすわってきみを待っておった。おれは時間を守らんやつはがまんならんのだ！」

ぼくは自分の時計を見せた。針《はり》は十六時を過ぎるか過ぎないかだった。

すると、副官はわらった。「そんなものをきみは時計というのか！　遅れてやってくるのもふしぎではないな。そんなのは時計じゃない、子どものおもちゃだ！」

「父がくれたものであります！」ぼくは答えた。「自分はこれ以外にもっておりません。」

副官はやおら立ち上がった。首をふりふり待避壕《たいひごう》の隅《すみ》へ行って、そこにおいてあるトランクを開けた。

ぼくはずっと副官《ふくかん》の机《つくえ》の前に立っていた。

副官はトランクから白い厚紙《あつがみ》を五、六枚《まい》もってきた。時計店にあるような厚紙だ。それを机の上に並《なら》べた。一枚一枚に何個《こ》もの腕時計《うでどけい》が固定されている。

ぼうぜんとして、ぼくはその時計の陳列《ちんれつ》を眺《なが》めた。

「撤退《てったい》の際《さい》、時計店を一軒《けん》、片付《かたづ》けねばならんかったのだ。」参謀本部《さんぼうほんぶ》の士官はいった。「結局はだれかが取っただろうからな。」そして手振《てぶ》りでぼくに時計をすすめた。「どれでもいい、一つ気に入ったのを取れ。」ぼくがあっけにとられたままなのを見ると、大きな四角い時計を厚紙に止めてあるゴムバンドからはずした。そしてぼくの腕から時計をはずしてぼくにわたし、新しいのをはめた。「今後また遅刻《ちこく》するようなことがあったら、もう承知《しょうち》しないぞ！」残りの時計をトランクにもどしに行きながら、そういった。トランクの蓋《ふた》を開けた。「さあ、用件に移《うつ》ろう！」

トランクの中に、時計ばかりか金の装飾品《そうしょくひん》が入っているのが見えた。

＊

午後、ぼくは新しく所属《しょぞく》する部隊の大隊司令部をさがしあてた。それは駅の建物のなかにあった。からっぽになっている駅長公舎《こうしゃ》が将校宿舎《しょうこうしゅくしゃ》になり、かつての夫婦《ふうふ》の寝室《しんしつ》に二つのベッドが頭をつきあわせておかれていた。

窓《まど》が見えるほうのベッドがぼくにあてがわれた。もう一つは主計将校《しゅけいしょうこう》のだった。住む部屋《へや》の紹介《しょうかい》がすむと、司令官はぼくを案内してまわった。まず炊事場《すいじば》からはじめた。炊事係の下士官は手荷物取扱所《とりあつかいじょ》のなかに自分の住むところをこしらえていた。下士官は部下を一人ずつ紹介した。最後はたくましいロシア人女性だった。それから、歓迎《かんげい》のちょっとした食べものを出した。

炊事場を出ると、司令官が声をひそめ、にやにやしながらいった。「あのロシア女は、もうここ半年、ずっとおれたちの部隊にくっついて動いているんだ。いつも炊事係のところにいる。やつらの共有さ。」

つぎに行ったのは信号扱《あつか》い所《じょ》だった。そこでは電話交換係《こうかんがかり》が働いていた。

切符《きっぷ》売り場に、ぶよぶよと太った主計将校《しゅけいしょうこう》がいた。初対面の挨拶《あいさつ》にと、われわれ二人にフランスのリキュール酒をすすめた。立ち去るとき、大きな缶入《かんい》り煙草《たばこ》をぼくににぎらせて、ウィンクしながらささやいた。「仲良くやろうぜ。」

司令官はブランデーを一本取って出た。駅長公舎《こうしゃ》の居間《いま》にもどると、どっかと腰《こし》をおろしてまずそのブランデーをついだ。そしてぼくのこれからの仕事を説明しはじめた。夜中を過ぎたころ、司令官はブランデーを一本空《から》にし、それをもってぼくへの説明を終わりにした。

ぼくは自分のベッドがある夫婦《ふうふ》の寝室《しんしつ》をさがした。廊下《ろうか》も、とおりすぎなければならなかった部屋も、床《ゆか》に寝《ね》ている兵たちの上によじのぼるかっこうでしか進めなかった。最後の兵はぐいと引っぱってのかせた。寝室のドアのまん前でいびきをかいていたからだ。

主計将校はすでに眠《ねむ》っていた。

ぼくは暗闇《くらやみ》のなかで大急ぎで服をぬぎ、ふとんにもぐりこんだ。

ベッドのなかにフランスの最高級コニャックのポケットびんがひそめてあった。

いくらもしないうちに、ぼくも寝入《ねい》った。――朝がた、なにかのもの音で目が覚めた。すでに明けはじめていた。

ゆっくりと、静かに、寝室《しんしつ》のドアが開いた。あのロシア女、炊事係《すいじがかり》の女が爪先《つまさき》だって入ってきた。そして、あたりまえのように主計将校《しゅけいしょうこう》のベッドにするりと入った。

主計将校が満足げにうなった。

＊

オートバイが道の側溝《そっこう》に落ち、車輪の半分くらいまで泥《どろ》に埋《う》まった。われわれは悪態《あくたい》をつきながら、押《お》したり引いたりした。しかし、サイドカーが重く、そのうえピタリとはまってしまって動かない。

やっとのことで牽引車《けんいんしゃ》が騒々《そうぞう》しい音をたててやってきた。新品で輝《かがや》くばかりの色だ。

「そんなぼろ車にこっちの手を汚《よご》すのはごめんだな。」運転手はえらそうにいって、牽引車にすわったままわれわれにロープでオートバイと牽引車を結ばせた。

牽引車が引っぱった。オートバイはまずおしりが上がり、そして泥《どろ》から抜《ぬ》けでて車道にすべりこんだ。

牽引車はロープをはずして走り去った。

われわれは車体の泥《どろ》をかきおとした。また走れるようになるまで、かなりの時間がかかった。その小さな町に着くと、憲兵《けんぺい》がひき止めて警告《けいこく》した。「いま、交差点が砲撃《ほうげき》されています。」いうより早く、頭上にうなりがした。着弾《ちゃくだん》の際《さい》の風圧《ふうあつ》が、サイドカーをふわりと浮《う》き上がらせた。

「おっきな砲弾《ほうだん》だな！」オートバイの運転手がにくにくしげにいった。

そのまま待った。そのあいだに二発飛んできた。

一定の間隔《かんかく》で撃《う》っていて、かなりの正確度《せいかくど》で交差点に着弾《ちゃくだん》している。

「ええいっ、行っちまえ！」運転手がいって、二発めの着弾《ちゃくだん》のあと、ガスを吹《ふ》かせた。エンジンがうなりだした。サイドカーがふるえた。

待った。

着弾《ちゃくだん》！

走りだした。猛烈《もうれつ》なスピードだ。

われわれは首をちぢめ、弾孔《だんこう》や瓦礫《がれき》の山のあいだを豪快《ごうかい》にカーブを切って、交差点へとつっ走った。

サイドカーはもう空中を飛んでいる。

交差点をつっ切ったとき、あの牽引車《けんいんしゃ》があるのが見えた。ひしゃげたブリキのかたまりになった牽引車が。

交差点のどまんなかに、運転手が横たわっていた――死んでいた。

両手はまだ車のハンドルをにぎっていた。

＊

ある日、片脚負傷《かたあしふしょう》の若《わか》い少尉《しょうい》がわれわれの部隊に転属《てんぞく》されてきた。松葉杖《まつばづえ》をついていて、歩くのがじつに困難《こんなん》なようすだ。

司令官は彼に書記のような仕事を与《あた》えてやった。

一週間後、その新入《しんいり》の少尉が司令官のところへやってきて、軍人手帳をさしだした。手帳には肉薄戦《にくはくせん》をした日が二十五回もあったことが証明《しょうめい》されていた。ふつうに歩くことはできないこの少尉が、二十五回、「敵《てき》の白目」を間近《まぢか》に見たことになっていた。二十五回、手榴《しゅりゅう》弾《だん》の雨を浴びながら剣付鉄砲《けんつきでっぽう》やピストルをもった兵と向かいあい、反撃戦《はんげきせん》を指揮《しき》したことになっていた——松葉杖《まつばづえ》をついて。その記入には公印が押《お》されていた。しかしその公印を扱《あつか》った部隊からの情報提供《じょうほうていきょう》は不可能《ふかのう》だった。部隊は全滅《ぜんめつ》だった、もはや存在していなかった。

証人《しょうにん》はすべて戦死か行方不明《ゆくえふめい》だった。

司令官はほかの将校《しょうこう》たちに相談した。ほかの司令官にも問い合わせた。そして、肩《かた》をすくめた。

少尉《しょうい》が師団《しだん》の前線司令部へ出頭することになったとき、ぼくが同行した。

森のなかの道なき道を行くのは、彼には並大抵《なみたいてい》の苦労ではなかった。何度も何度も立ち止まり、松葉杖《まつばづえ》にもたれてあえぐ。近くに砲弾《ほうだん》が落ちたときは、身を伏《ふ》せることもせずに上体をかがめて体を固くしただけだった。ほんの少しの距離《きょり》を進むのに、非常《ひじょう》な時間を要した。最後はもう息も絶《た》え絶《だ》え、やっとのことで目的地に到達《とうたつ》した。待避壕《たいひごう》の一つにもたれて、ひたいの汗《あせ》をぬぐった。

われわれはだいぶ待たされた。

そして、総司令官が松葉杖《まつばづえ》の若い少尉に肉薄戦《にくはくせん》の勲章用留め金《くんしょうようようとめがね》をつけてやり、鉄十字第一等《てつじゅうじだいいっとう》勲章《くんしょう》をさげてやるのを、ぼくはそばでじっと見ていた。

＊

真夜中、ドーンという音でたたき起こされた。われわれは服を半分ひっかけたかっこうで外にとびだした。つぎの音ですぐに身を伏《ふ》せられる構《かま》えをとりながら。

だが、静かなままだった。ずっと遠くの前線から戦闘《せんとう》のもの音がかすかに聞こえてくるだけだ。近くに着弾《ちゃくだん》はない。なにもなかった。

バラックの宿舎《しゅくしゃ》の一部が壊《こわ》れていた。みんながにくにくしく思っているきらわれものの曹《そう》長《ちょう》が寝《ね》ている部分だ。

われわれは瓦礫《がれき》の下から彼を引きずりだした――死んでいた。彼のベッドで、もうひとつの死体が見つかった。若い娘《むすめ》だった。何か月かまえから部隊といっしょに行動していたロシア女で、とびきり美しい娘だったので、みんなが追いまわしていた。彼女のせいで下士官たちのあいだに嫉妬《しっと》の争いが絶《た》えなかった。その彼女が曹長の隣《となり》で死んでいた。

一人、また一人とほとんど全員の下士官が瓦礫《がれき》になったその場所に集まってきた。下士官たちは、一人の例外もなく、規定《きてい》どおりにきちんと服を着ていた。だまって死体をとりまき、なにやら満足げなようすだ。

「少尉《しょうい》どの、」一人の伝令兵がそっといった。「あのバラックをよく見てみてください。弾《たま》は上からではなくて、横から撃《う》ちこまれています。真横から。しかも、後ろからです。」

「それがどうしたんだ?」近くにいて伝令兵の声が聞こえた軍曹《ぐんそう》が、話にわりこんできた。

「迷《まよ》いこんできた戦車からの弾《たま》だろ!」

「しかし、それなら、バラックのあの位置に当たるには石造《いしづく》りの家を撃《う》ち抜《ぬ》いたことになります。」伝令兵は反論《はんろん》した。

その軍曹は死体の方に目をそらせ、口を閉《と》じた。

突然《とつぜん》、下士官全員が、壊《こわ》れたバラックの残りを力をあわせてとりこわしはじめた。「火災《かさい》の危険《きけん》があるから」という。下士官たちは夜中じゅうかかって、だれの手伝いも求めずに自分たちだけで作業した。兵たちにも見物するにまかせ、手伝わせなかった。破壊《はかい》されたバラックの跡《あと》がほとんどのこらないほど、徹底的《てっていてき》に片付《かたづ》けた。

司令官は電話交換係《でんわこうかんがかり》のところへ行って、尋《たず》ねた。「昨夜、どこかで戦車の侵入《しんにゅう》が報告《ほうこく》されておるかね?」

手動電話交換機《しゅどうでんわこうかんき》の係は首を横にふった。

「きいてみろ!」司令官は命令した。

通信兵はプラグをさしこんで連結し、ハンドルをまわし、暗号名《あんごうめい》をいって、問い合わせた。

そして、また首をふった。「戦車の侵入の報告はありません。」

「おかしいな。」司令官は小声でつぶやいた。そして、尋《たず》ねるようにぼくを見た。朝、司令官は曹長《そうちょう》の妻《つま》に宛《あ》てた親書《しんしょ》をしたためた。彼女の夫が「大ドイツ帝国《ていこく》のための戦死」を遂《と》げたことを知らせる親書だった。

11 撤《てっ》退《たい》

住民の送還《そうかん》を全権委任《ぜんけんいにん》されたその土地の代表者が、自分の家の半分をわれわれに提供《ていきょう》してくれた。彼自身は二階のいくつかの小さな部屋《へや》に住んだ。

われわれは食堂、紳士《しんし》専用《せんよう》の客間、書斎《しょさい》、台所、そして地下室の一部を使用した。

一週間ほどたったとき、敵《てき》の射程範囲《しゃていはんい》がその家をもまきこむところまで迫《せま》ってきた。

その結果、主人は書類を片付《かたづ》け、家をわれわれにゆだねて、自分も脱出《だっしゅつ》していった。

主人が家を出るか出ないかのうちに、われわれは二階の部屋へ突進《とっしん》した。たんすを引きあけて洗いたての下着をさがし、きれいな上着を取りこみ、シーツを出した。

軍曹《ぐんそう》の一人は洋服だんすを開けて、かかっている夜会用背広《せびろ》や冬オーバーや茶色の軍服《ぐんぷく》などをひっかきまわしたあげく、革《かわ》ジャンパーを見つけた。黒の革ジャンパーで、防寒《ぼうかん》にも雨よけにももってこいのものだ。

軍曹《ぐんそう》はさっそく着てみた。ぴったりだった。軍曹はもうぬがなかった。

夫人の寝室《しんしつ》で、ぼくはオーデコロンを一びん見つけてポケットに入れた。それからなんの気なしに洋服だんすの中をのぞいた。

夏のワンピースやスキーズボンに並《なら》んで、ここにも革《かわ》ジャンパーがあった。うす茶というより、ほとんど黄色に近いジャンパーで、胸《むね》にタックがあり、前の打合《うちあわ》せが左ボタンだ。

ハンガーから取って、着てみた。

ぼくには長すぎたし、ぶかぶかだった。しかし、ついているベルトをしめると着られる。ぼくはちょうだいすることにした。そしてだれにも盗《ぬす》まれないように、寝《ね》るときもぬがなかった。

＊

主人が包囲網《ほういもう》から無事に脱出《だっしゅつ》できた知らせが入ると、われわれは地下の鍵《かぎ》のかかっている二部屋《へや》に侵入《しんにゅう》した。

伝令兵たちが何度も何度も体当りでぶつかった結果、ついにドアが枠《わく》ごと壁《かべ》からはずれ落ちた。

第一の地下室は食糧貯蔵庫《しょくりょうちょぞうこ》だった。手つかずのハムが二つ、天井《てんじょう》からぶらさがっている。たくさんのサラミソーセージとベーコンも、その隣《となり》にぶらさがっている。隅《すみ》にはラードやヘットの入ったかめがいくつもいくつも積み重ねられ、別の隅には砂糖《さとう》が一袋《ふくろ》。缶詰《かんづめ》の肉やミルク、さまざまなジャムや漬物《つけもの》の瓶詰《びんづめ》もあった。

この分捕《ぶんど》りさわぎを、われわれは大ごちそうで祝った。それから、残りを分けた。

つづく八日間はその豊《ゆた》かな食糧《しょくりょう》でたらふく食べられた。

二つめの地下室は一つめより大きかった。

「しっかり貯《た》めこんだものだなあ!」伝令兵の一人が感心していった。

二つめにはラジオの真空管《しんくうかん》がおいてあった。真空管ばかりだった。紙箱に入った何千もの真空管が天井《てんじょう》までぎっしり積み上げてある。

「これでまたラジオが聞けるぞ!」通信兵たちはこおどりして喜び、まだもっていた受信機を集めてきて新しい真空管をさした。

夕方、すべての宿舎《しゅくしゃ》でスピーカーがボリュウムいっぱいにがなりだした。われわれは音楽を聞きながら、サラミソーセージやハムを食べた。けれどもその新品の真空管《しんくうかん》は、まるで古いもののように、せいぜい二、三時間しかもたなかった。すぐに切れた。配電網《はいでんもう》がなかったので、車のバッテリーからぜんぶの受信機に通電した結果、真空管がその負担《ふたん》に耐《た》えられなかったのだ。

われわれは一つ切れるとさっさと抜《ぬ》き取《と》って新しいのをさした。どうせたっぷりあるのだから平気だった！

＊

司令官が炊事方《すいじかた》のロシア女を呼《よ》びにやった。

女がやってきた。司令官の前に立つと、われわれみんなに笑顔《えがお》をふりまいた。「わたし、要《い》りますか？」そう尋《たず》ねて、机《つくえ》にかぶさるほどのおじぎをした。

司令官はとほうにくれたようすで眼鏡《めがね》を押《お》しあげ、少し顔を赤らめた。ひと息ついて、いった。

「おまえに出ていってもらわなければならんのだ。」

ロシア女はきょとんとした。「いや！——どうして？」

司令官は机の上から一枚《まい》の書類をとりあげた。「命令がきたのだ。ロシア人の手伝いは、全員、集合施設《しゅうごうしせつ》に送ること。」

「それから？」ロシア女はたたみかけてきいた。

「そこから船でドイツへ運ばれる。」司令官は説明した。

「それ、ほんとうじゃない！」女は叫《さけ》んだ。「あんたたち、船、一隻《せき》ももってない！　ドイツの女をドイツへ送る船だってないのに！」

「ある、あるんだ！」司令官は女をなだめようとした。「命令書に書いてあるということは、そのとおりだというわけだ！」

「うそ！　だましてる！」女はいいはった。

「おれを信用するんだ！」司令官はちょっと動揺《どうよう》しつつ答えた。

すると、ロシア女は哀願《あいがん》しはじめた。「おねがい、わたしをそこへ送らないで！」

「命令だ。」司令官はくりかえした。

女がぼくの腕《うで》をつかんだ。「たすけて、少尉《しょうい》さん、たすけて！」嘆願《たんがん》した。「わたしを隠《かく》してちょうだい！　わたし、そこに行くのはいや！　あんたたちのとこにいたい！」

「それはできない。おまえを隠《かく》すわけにはいかないんだ。おれたちは命令にしたがわなくてはならない。おまえも、したがわなくてはならないんだ！」司令官はきびしくいいわたした。

ロシア女はひざまずいた。両手をくみあわせて拝《おが》んだ。「わたし、なんでもいわれるとおりにします。なんでもします。おねがいだから、そこへ送らないで！　ねえ、おねがい！」

「やめろ！」司令官はどなった。立ち上がって、部屋《へや》から出ていった。

翌朝《よくあさ》、われわれは彼女に荷物をもたせ、集合施設《しゅうごうしせつ》に送っていった。引きわたしたとき、彼女は泣いた。

「ああ、おれが彼女でなくてよかった……」司令官がいった。

＊

包囲網《ほういもう》がちぢまるにつれて、主計将校《しゅけいしょうこう》の酒量はますます増《ふ》えた。ぐでんぐでんに酔《よ》っぱらい、自分用に貯《た》めこんだ酒のあいだで大の字になっていびきをかいていることが多くなった。まじめに仕事をすることは、もうできなかった。

「わからんでもないな。やつの故郷《こきょう》がまさに失われんとしているのだからな。」司令官はいった。そういいながらも、一方では主計将校《しゅけいしょうこう》の気をまぎらせてやるために、そして他方、彼を兵たちの目にふれないところへ追いやるために、司令官は彼に仕事を課した。岸辺へやることにしたのだ。

そこでわれわれの脱出《だっしゅつ》にそなえての準備《じゅんび》をすること、それが主計将校に課された仕事だった。部隊の生き残りが乗って向こうがわへ渡《わた》れるような、大きな、頑丈《がんじょう》な筏《いかだ》を組むことだった。向こうがわへ渡《わた》って、またそこで戦うために。

その作業員として、司令官は兵を四名つれていくことを許可《きょか》した。

出発をまえにして、主計将校は処分証書《しょぶんしょうしょ》に基《もと》づき証人の立会いのもとに、現金《げんきん》を古い弾薬箱《だんやくばこ》の中でおごそかに焼いた。ほぼ十二万マルクあった。それから、規則《きそく》にのっとって、自分の在庫《ざいこ》をあけわたした。といってもまだ十分にとりこんであって、そのなかから別れのしるしにとわれわれにほんもののフランス製《せい》コニャックを二、三本くれた。そして残りをわれわれの最後の乗りものである小さな自動車に積みこみ、四名の兵をつれて発《た》っていった。

「やれやれ、これで厄介《やっかい》ばらいができた。」司令官がほっとしていった。「同時にわれわれのこの先のために手を打つこともできたわけだ。」

二日後、早くも岸辺の主計将校《しゅけいしょうこう》から伝令がきた。仕事は順調に進んでいる、車を分解《ぶんかい》してその一部を筏《いかだ》にとりつける作業にかかっている、ということだった。

われわれは部隊のなかから騎士十字勲章《きしじゅうじくんしょう》をもっている軍曹《ぐんそう》をえらびだして、司令部付きに昇《しょう》格《かく》させた。

そして、事情《じじょう》に通じているものがほかにいなかったので、主計将校の仕事を引きつがせた。

*

われわれは小さな農家の机《つくえ》を囲んで最後の一びんを飲んでいた。砲弾《ほうだん》が落ちるたびに顔を机の上に伏《ふ》せる。着弾地《ちゃくだんち》はごく近くで、天井《てんじょう》のしっくいがばらばらと降《ふ》ってきた。小さな家全体が、そのたびに揺《ゆ》れた。

「敵《てき》のやつら、もう一時間で到着《とうちゃく》だな。」司令官が低い声でいった。「しかしおれは捕虜《ほりょ》にはならんぞ!」興奮《こうふん》して叫《さけ》んだ。「ここから出なくてはだめだ!」そして、また、両手で焼酎《しょうちゅう》のグラスをかかえこんだ。

機関銃《きかんじゅう》の掃射《そうしゃ》が、わら屋根を勢《いきお》いよくめくりはじめた。ぼくは机《つくえ》からはなれて部屋《へや》の隅《すみ》に行き、床《ゆか》にうずくまった。

司令官は腰《こし》かけたままだった。ところが、突然《とつぜん》立ち上がった。「きみ、総司令官のところへ行くんだ！　すぐに！　急げ！　手遅《ておく》れにならないうちにだ！　総司令官が撤退《てったい》の許可《きょか》を出すべきだ。」

ぼくは伝令袋《でんれいぶくろ》をくくりつけ、小さなその農家を出た。納屋《なや》から伝令兵を一人つれていった。師団《しだん》の戦闘司令部《せんとうしれいぶ》は町にあった。だが、正確《せいかく》にどこなのかは、だれも知らなかった。無線機もなければ電話連絡《れんらく》ももう不可能《ふかのう》だった。いずれにせよ、線路の土手を越《こ》えて行かなければならない。われわれが越えようと決めたところは、線路が三本とおっていた。草むらに身を伏《ふ》せ、線路の土手を掃射《そうしゃ》している機関銃《きかんじゅう》が射撃《しゃげき》休止に入るのを待った。

跳《と》んだ。走った。砲声《ほうせい》が一発、大きくはない。

向こうがわの草むらに頭からつっこんだ。鉄かぶとが飛んだ。さがして、かぶった。頭蓋骨《ずがいこつ》が痛《いた》む。しかし、無事だ。

どこか、この地獄《じごく》のどこかで、だれかがピアノを弾《ひ》いていた。大きな、せっぱつまった音をさせて弾《ひ》いていた。

つづいて伝令兵も無事に線路を越えてきた。

道の側溝《そっこう》のなかで、一人の工兵に出あった。

彼が師団《しだん》の戦闘《せんとう》司令部《しれいぶ》への道をおしえてくれた。

道を一つ横切らねばならないのに、その道は敵《てき》の監視下《かんしか》にあった。

道の向こうがわの、総司令官のいる地下室へおりる階段《かいだん》の入り口に、将校《しょうこう》の死体があった。

むくんだ、ほこりが二、三センチも積もった死体が。

ぼくは鼻を地面に押《お》しつけて、泥《どろ》だらけの道を一寸《いっすん》きざみにはっていった。死体のそばをまわり、ようやく階段のいちばん上の段に到達《とうたつ》して、おりた。その間、ほとんど十五分もかかった。

ぼくが入っていったとき、総司令官は両手で頭をかかえていた。一人っきりだった。「ん、ぼうや、どうしたんだ？」尋《たず》ねた。

ぼくは司令官の願いを伝えた。

総司令官は片手《かたて》で追《お》い払《はら》うようなしぐさをして、答えた。「逃《に》げろ！ 遠くへ、行けるだけ遠くへ逃げるんだ！」

12 敗走

大あわてにあわてて出発した。重いものはすべて置き去りにした。道は遠くなかった。半時間後、全員が筏《いかだ》をつないである地点に到達《とうたつ》した。

主計将校《しゅけいしょうこう》は酔《よ》っぱらってよろよろしながら、渡河《とか》の準備《じゅんび》は一切完了《いっさいかんりょう》と報告《ほうこく》した。

暗闇《くらやみ》のなかを明かりもなしで、われわれはいくつもの筏に乗る組み合わせをきめた。漕《こ》ぎ手《て》と、その交替《こうたい》も決めた。それから、荷物を乗せた。

第一組の乗員が筏に乗った。

全員が乗って筏が覆《おお》いつくされても、水が厚板《あついた》の表面に上がってくるなどということはなかった。ところが、筏はじっとしたまま、ゆらりともしない。

残りのものが力をあわせて棒《ぼう》や櫂《かい》で押《お》してみた。

筏はずずずっと砂《すな》の上をすべり、ぐらりと揺《ゆ》れたと思うと、あっというまに沈《しず》んでしまった。

乗っていたものは太もものあたりまで水につかった。

あわてて見つけられるかぎりの荷物をすくいあげた。筏《いかだ》そのものは、もう浮《う》き上《あ》がってこなかった。表面が水中に沈《しず》んだまま、ゆらゆらと泳いでいった。

ほかの筏も試してみた。

どれもみな同じだった。筏が重すぎたのだ。二人乗っただけで、もうだめだった。

「積載能力《せきさいのうりょく》を試してみなかったのか?」司令官が質問した。

「はい。」主計将校《しゅけいしょうこう》は答えて、頭を掻《か》いた。

われわれはとほうにくれて岸辺にすわりこんだ。

捕虜《ほりょ》になるという目前に迫《せま》った不安に、何人かの兵は正気を失った。そして泳いで逃《に》げようと、重装備《じゅうそうび》の軍服のまま氷のように冷たい水に飛びこんだ。

われわれはやっとのことで彼らを岸辺に引き上げた。だが引き上げると同時に、絶望的《ぜつぼうてき》になった兵たちの手から主計将校を守らなければならなくなった。

そのとき、一人がいった。「あっちのフェリーがまだ動いているんじゃないかな。」

全員、算《さん》を乱《みだ》してわれさきにと指された方へ走った。

途中《とちゅう》、砲弾《ほうだん》が飛んできて、ぼくは地面にたたきつけられた。革《かわ》ジャンパーのおかげで最悪のけがはまぬがれたが、両ひざを打った。ズボンにてのひらほどの大きさの穴《あな》があいて、血がにじみでた。ひざが痛《いた》んだが、むりやり走りつづけた。

フェリーはほんとうに出ていた。

船着場には乗船を待って何千人もが押《お》しかけ、先を争ってひしめいていた。船着場ははげしい砲撃《ほうげき》をうけていた。頭上には爆撃機《ばくげきき》が飛《と》び交《か》っていた。

なんとか助かるようひたすら希望をつなぎながら、われわれは塹壕《ざんごう》にうずくまって待った。

朝方、われわれは対岸にいた。

＊

一日じゅう、歩いた。

松のあいだをぬってつづく砂《すな》のなかの丸太道。砂は、長靴《ちょうか》に入り、ぬれた軍服《ぐんぷく》にくっつき、目や口や鼻に吹《ふ》きこんだ。

われわれは疲労困憊《ひろうこんぱい》、足を引きずって歩いた。ほとんどのものが荷物を失っていた。食べものをもっているものは一人もいない。渇《かわ》きは水たまりで癒《いや》した。そこまでの全行程中《ぜんこうていちゅう》たった一軒《けん》、家があった。だが野戦病院になっていて、相手にもしてもらえなかった。午後、入植地《にゅうしょくち》に行きあたった。司令官はスープかパンをもらえないか、嘆願《たんがん》した。しかし参謀本部《さんぼうほんぶ》つきの将校《しょうこう》がそこでの小休止を許可《きょか》しなかった。

なにももらえず、脚《あし》はいうことをきかず、立ち止まって息をつく回数が多くなっていった。夕方、やっとのことで村に着いた。兵たちはまだ超満員《ちょうまんいん》にはなっていない納屋《なや》や家畜小屋《かちくごや》を見つけるが早いか、知らない人たちのなかにもぐりこんでたちまち眠《ねむ》った。

食事の支給《しきゅう》はなかった。

われわれ七人の将校《しょうこう》は、家の一室にまだ空間があるのを見つけた。その部屋《へや》にはすでに十五人の男、女、子どもが横たわっていた。みんな避難民《ひなんみん》だった。脱出《だっしゅつ》の船が早くこないか、それとも、われわれが攻撃《こうげき》をしかけて自分たちの家屋敷《いえやしき》をとりもどしてくれないか、そのどちらかにかすかな希望を託《たく》して待っている人たちだった。

われわれは、ぬれて、汚《よご》れたままの姿《すがた》でその避難民《ひなんみん》たちのあいだにわりこみ、床《ゆか》に横たわると、ただちに寝入《ねい》った。

あくる朝、人々はもっているパンをわれわれにも分けてくれた。

ぼくが毛布《もうふ》にくるまって床《ゆか》にうずくまり、カチカチになったパンの端《はし》をあっちからこっちから噛《か》んでいるあいだに、女の人がぼくの乗馬ズボンのひざをねずみ色の糸でつくろってくれた。

＊

一本のパンを十人で分け、それと一人五十グラムの馬肉ソーセージが一日の給食だった。炊《すい》事係《じがかり》は空《から》の鍋《なべ》を前に、ただ手をこまぬいていた。

「牛を一頭つかまえてこよう。」司令官がいった。「いっしょに来てくれ！」

家畜小屋《かちくごや》の入り口、乳絞《ちちしぼ》りの仕切りのなかに、参謀本部《さんぼうほんぶ》の主計長がいた。主計長はだまってわれわれ二人をとおした。

小屋のなかには百頭以上もの牛がいた。白黒まだらのわき腹《ばら》がぺしゃんこになった牛。かいば桶《おけ》はからっぽだった。牛たちは腹をすかせてたえまなく啼《な》いている。

司令官はさっときびすをかえして、尋《たず》ねた。「なぜ、飼料《しりょう》をやらないんだね?」

「飼料なんか、ありませんよ。」主計長がいった。

「それなら放してやればいいじゃないか。牛は自分で草をさがせるんだから。」

「見張《みは》りの人員が足《た》りないんです。」主計長が答えた。

「牛が草をはむあいだ、見張っている必要があるかね?」

主計長はわらった。「見張ってなきゃ、盗《ぬす》まれて殺《や》られてしまいますよ。」

司令官はおどろいて主計長の顔をまじまじと見た。「殺《や》られるのが、どうしていけないんだ?」

「ここの住民のものだからです。」主計長が説明した。

「しかし、住民はもういないじゃないか!」

「もどってきたら、また必要になる家畜《かちく》です。この地方の農業のために。」主計長はいいはった。

「きみ、ほんとうにそう思っているのか?」司令官が尋ねた。「住民がもどってくると、ほんとうに思うのか?——一週間後には、おれたちだってここにいないんだぞ!」

主計長は肩《かた》をすくめた。「そのことについては、自分には決定権《けっていけん》がありません。」

「おれたちも腹《はら》をすかせている、牛も腹をすかせている。」司令官はなんとかして納得《なっとく》させようとした。「こいつらが死んでしまわないうちに、放してやれ。そうすれば、少なくとも兵たちは腹を満たすことができるじゃないか。おれは一頭もらっていく。その責任《せきにん》はおれがとる。」

「残念ですが、」主計長はにっとわらって、いった。「自分は命令をうけているのであります！」そして、ピストルをぬくと、机《つくえ》の上においた。「命令をまもるためには、この武器《ぶき》の力を借りることも辞《じ》さない覚悟《かくご》であります。」

＊

主計将校《しゅけいしょうこう》の後任《こうにん》にした軍曹《ぐんそう》が、肩《かた》をすくめた。「自分がいろいろとひっかき集めてきまして、またかなりのものになりましたもんで、移動《いどう》するなら乗りものが要《い》るんでありますが。」そして、ちょっとわらって見せた。「われわれは、まもなくまた逃《に》げなくてはならんでしょう。」

「連隊の給養係《きゅうようがかり》に行って、尋《たず》ねてみたのか？」

軍曹は片手《かたて》をあげてぼくの質問をはねのけるようなしぐさをした。「やつら、自分用の分さえもっていませんよ。」そして説明した。「乗りものは十分あるんです。どこでもいい、倉庫の戸を開けさえすれば車はあります。優雅《ゆうが》な箱型馬車から、どんくさい収穫車《しゅうかくぐるま》まで、なんでもあります。ただ、馬がいないんであります。」

「燃料《ねんりょう》がなくなって以来、そして自動車が走らなくなって以来、なにもかも馬車にきりかえたからな。それに、たいていの馬は、おれたちがもう食ってしまったしなあ。」

「しかし、それではどうすればよいのでありますか?」軍曹《ぐんそう》はたたみかけてきた。「自分は、あの初めての飢餓状態《きがじょうたい》を経験《けいけん》したあとで、非常用《ひじょうよう》の食糧《しょくりょう》をいくらか集めることができたのをとても喜んでいるんであります。それを置いていくなんて、できませんよ。車を兵たちに引っぱらせるわけにもいかないし。」

「何頭の馬が要《い》るんだ?」

「最低、二頭。」軍曹が答えた。

「明日まで待ってくれ。」ぼくはいった。

なかばあきらめの気持ちが軍曹の顔にありありと出ていた。くるりと背《せ》をむけると、地下室を出ていった。

ぼくは伝令兵の一人に尋《たず》ねた。「馬のことがわかる農民で、いいやつがいないか？」

「二、三日まえ、わが隊は国民突撃隊《こくみんとつげきたい》（ナチ政権《せいけん》末期に十六歳《さい》から六十歳の男子を集めたもの・訳註）から二人の老人をうけいれました、少尉《しょうい》どの。」伝令兵が答えた。「そいつらは、どこかこの近くの農園で働いておったものであります。」

「よし、その二人をここへよこしてくれ！」

十五分後、二人の老人が地下室に入ってきた。背《せ》がまがって、いかにも一生を働き疲《つか》れたというようすだ。

「きさまら、馬のことがわかるか？」

二人はうなずいた。

「いま十五時だ。きさまらはいまからすぐに寝《ね》る。日が暮《く》れると起こす。そしたら、出発するんだ。そして、どこかから馬をさがしてくる。どこからでもよい。馬小屋からでも、牧場からでも。しかし、歩哨《ほしょう》に注意しろ。撃《う》たれないよう、注意しろ。それから、絶対《ぜったい》に捕《つか》まるな。――馬を二頭だ――二頭のしっかりした引き馬が要《い》るんだ。わかったか？」

「はい、わかりました、少尉どの！」二人がいった。

＊

われわれはものおき小屋と小さな豚小屋《ぶたごや》のある広い家に入っていた。

昼といわず夜といわず、近くの道を避難民《ひなんみん》がとおっていった。乗りものをもっているものも少しはいたが、たいていは手荷物をもつだけの避難行《ひなんこう》だった。みんな、港へむかっていた。みんな、なんとかしてこの包囲網《ほういもう》から逃《のが》れようと必死だった。日が暮《く》れると、子どもをつれ袋《ふくろ》や包みをもって、行き当たりばったりどの家にでもころがりこんだ。そして断《ことわ》りもせずに、階段《かいだん》、軒下《のきした》、地下室、ものおき小屋、豚小屋、どこであろうと場所を見つけしだい横になって眠《ねむ》った。

ある晩《ばん》、かなりおそくなって、若い妊婦《にんぷ》が泊《と》めてほしいとたのんできた。疲《つか》れきっているようすで、尋《たず》ねるあいだもドアの柱にすがってやっと立っている。

階段《かいだん》はすでに人でおおわれ、各部屋《かくへや》はみなあふれんばかりで、ぼくの部屋がたった一か所彼女に寝《ね》る場所を提供《ていきょう》できるところだった。

避難民《ひなんみん》の群《む》れは巨大《きょだい》なものとなって動きがとれなくなっていた。港は、埠《ふ》頭《とう》にも道路にも数千人もの避難民が横たわっていた。彼らを運ぶ船がなかったのだ。

そんな状態《じょうたい》だったから、その若い女はぼくのところに留《とど》まることになった。彼女はぼくの部屋の面倒《めんどう》をみた。ストーブの世話をし、ぼくの汚《よご》れものを洗い、ぼくのパンにバターをぬる。ぼくはまたたくまに彼女に親しみをおぼえた。部屋に一歩入ると、かつてなかった温《あたた》かみが感じられた。

彼女は昼間、何時間もいなくなることがよくあった。そんなとき、ぼくはたまらなくさびしかった。

ときどき彼女は野戦薬局の手伝いをした。そして、夕方、アルコールをもらってかえり、それでリキュールをこしらえてくれた。

ふいに、船が来た！　という情報《じょうほう》がながれた。避難民《ひなんみん》の流れが、また動きはじめた。

翌朝《よくあさ》、ぼくは彼女にリュックサックを背負《せお》わせてやってから、道まで送って出ようとした。はじめ、彼女はぼくが見送ることに反対した。が、急にくるりと向こうをむいたと思うと、豚小屋《ぶたごや》の方へ走ってもどった。

しばらくして、豚小屋から二人の老人をつれて出てきた。

「わたしの両親です。」彼女はいった。

ぼくが尋《たず》ねるより早く、男が、けわしい、とげとげしい声でぼくにいった。「わたしども二人のことはだまっているように、わたしが娘《むすめ》にいいつけたんです。わたしどもが近くにいることがあなたに知れたら、きっと娘はこんなに長いあいだ、あなたのところにいることは許《ゆる》されなかったでしょう、少尉《しょうい》さん。あなたのベッドのほうが、豚小屋《ぶたごや》とか道路などより娘にはまだしもだったんです。」

＊

宿舎《しゅくしゃ》にしていた家にも砲弾《ほうだん》が飛んでくるようになって、われわれはあらかじめ用意してあった穴《あな》に移《うつ》った。

司令官用にはとくに広い穴が掘《ほ》られていた。司令官はそこにぼくをつれて入った。

穴のなかは、ぼくたち二人が向かいあってすわりこむのがやっとで、動くことはできなかった。前にかがんだり、後ろにもたれたりすると、たちまちしめった土壁《つちかべ》に触《ふ》れて、泥《どろ》がついた。向きを変えるためには、いったん二人とも立ち上がらなければならなかった。それさえ、穴が浅かったので、中腰《ちゅうごし》にしかなれなかった。

伝令兵は四《よ》つん這《ば》いでわれわれの穴の縁《ふち》まできて、頭を穴《あな》につっこんだ姿勢《しせい》で命令をきき、あとずさりでもどっていった。

司令官とぼくはしっかりとくっつきあい、抱《だ》きあってさえいたのだが、夜になると体が凍《こご》えきって、眠《ねむ》ることはできなかった。

外の砲撃《ほうげき》が少しでもゆるやかになると、司令官ははって出た。「こうでもしないと、足が凍《とう》傷《しょう》にかかってしまう。」もどってくると、いった。

翌朝《よくあさ》、われわれ二人は砲撃《ほうげき》のまっただなかを走って一軒《けん》の家にとびこんだ。しかし、さがしていたものはなかった。砲火《ほうか》がひと休みしたところで、また走った。四軒めで、やっとあった。司令官とぼくはシーツと羽ぶとんを背中《せなか》にくくりつけ、腹這《はらば》いでまた穴にもどった。

それから、ぼくは一時間ばかり伝令兵の穴に入っていた。そのあいだに司令官は別の伝令兵の助けを借りて、われわれの穴のしつらえをした。土壁《つちかべ》にまっ白のシーツをぶらさげ、底に羽ぶとんを敷《し》く。簀《す》の子《こ》づくりの天井《てんじょう》にまで羽ぶとんをくくりつけた。

「これは、直撃弾《ちょくげきだん》よけでありますか?」ぼくはきいた。

「そうじゃない。」司令官は真剣《しんけん》な顔で答えた。「昼間は、頭をひどく簀《す》の子《こ》にうちつけないですむようにだ。夜にはひきずりおろして、その下で寝《ね》る。」

あまった寝具《しんぐ》で、伝令兵たちは自分の穴《あな》を同じようにしつらえた。

二日後、雨が降《ふ》った。水は、上からも、下からも、穴のあらゆるところからしみだした。

つぎの移動《いどう》まで、ぼくたちはまっ茶色に汚《よご》れたシーツに囲まれ、ぬれてぺしゃんこになった羽ぶとんの上で、寒さにふるえていた。

＊

さきにその樽《たる》を見つけたのは、軍曹《ぐんそう》だった。

それは胸《むね》までの高さしかない塹壕《ざんごう》の向こうの端《はし》にあった。「こいつぁ、行かないって法はありませんや！」軍曹がいった。

われわれ二人は両手両足の四《よ》つん這《ば》いで、せまい塹壕《ざんごう》を進んだ。だれにも出会わなかった。

そのあたり一帯は、絶《た》え間《ま》ない攻撃《こうげき》にさらされていた。砲弾《ほうだん》は主として森にむけての発砲《はっぽう》だったが、塹壕《ざんごう》の縁《ふち》から頭をほんの少しでも出すと、機関銃《きかんじゅう》や小銃《しょうじゅう》の弾《たま》が空気をふるわせて飛んでくる。

軍曹《ぐんそう》が鼻をクンクンさせた。「ビールです！」ぼくにそういって、速度をあげてはっていった。

ビールの泥《どろ》をピチャピチャと踏《ふ》んで、やっと着いた。

樽《たる》の片方《かたほう》の底に銃孔《じゅうこう》があいていて、そこからビールの細い噴射《ふんしゃ》が塹壕《ざんごう》の縁《ふち》に吹《ふ》き上《あ》げている。それが塹壕の壁《かべ》をつたいおち、底の地面をぬかるみにしていた。

軍曹はすぐにその噴射《ふんしゃ》に指をつっこんでなめた。「ふむ、まだ生《なま》ぬるにもなってないや。」うれしそうにいった。

けれども、われわれは水筒《すいとう》も、野戦用のコップももっていなかった。

「鉄かぶとは使えないしなあ。」軍曹がつぶやいた。「あとで、ネトネトになって頭にくっついてしまうからなあ。しかし、急がないと、空《から》になるぞ。」軍曹はつぎの曲がり角まではっていった。そしてすぐに、汚《きたな》い、ひしゃげたブリキのバケツをさがしだしてもどってきた。

ぼくは首を横にふった。

だが、軍曹は首を縦《たて》にふった。そっとそのバケツをビールの吹き出し口にもっていった。ズボンの尻《しり》ポケットから新聞紙をとりだした。それでバケツを拭《ふ》き、最初のビールで洗った。そして、あらためてビールをうけ、まずぼくにすすめた。
ぼくはブリキのバケツをうけとって、飲んだ。

＊

森のはずれに負傷者《ふしょうしゃ》が横たわっていた。下あごを弾片《だんぺん》に撃《う》ちぬかれている。ひっきりなしに舌《した》を動かして、なにかゴロゴロと絶望的《ぜつぼうてき》な調子でいうのだが聞きとれない。

先へ。われわれはそのそばをとおりすぎて森のなかに入った。

いたるところ、戦死者と負傷者《ふしょうしゃ》だ。腹《はら》をやられたものがわれわれを見て、叫《さけ》んだ。そして、背後《はいご》から罵倒《ばとう》した。年とった大尉《たいい》がしずかに泣いている。泣きながら、くりかえし「お母さん！」と呼《よ》んでいる。はって後退《こうたい》しようとしているものもいた。あとに肩幅《かたはば》の広さの血の跡《あと》がついた。

先へ。

またしても、砲声《ほうせい》だ。

走った。隠《かく》れるところをさがした。

ない。

大きな砲弾《ほうだん》がうなりをあげて頭上を越《こ》え、目の前の梢《こずえ》をひきちぎって飛んだ。弾片《だんぺん》が四方八方に散った。引《ひ》き裂《さ》かれた枝《えだ》が、もんどりうって地面に落ちた。葉っぱがあとを追って舞《ま》いおちた。一本の樹《き》が悲鳴をあげて傾《かたむ》いた。

先へ。

樹冠《じゅかん》のない、幹《みき》だけになった樹が、裸《はだか》で、弾痕《だんこん》だらけで、つっ立っている。

道のかたわらに、四、五人の戦死者が互《たが》いに隠《かく》れようとでもするかのように、もつれあっている。

先へ。

あえぎあえぎ走る。

砲声《ほうせい》だ。

怖《こわ》い……

軍曹《ぐんそう》が穴《あな》を見つけた。

ぼくが追っかけて入る。

せまい穴《あな》……

ちくしょうめ、軍曹《ぐんそう》のやつ……やつは安全だ……ぼくには弾片《だんぺん》が当たる。

底知れぬ恐怖《きょうふ》……

ひざで軍曹の背中《せなか》をぐいぐい押《お》す。

深く……もっと深く……

絶叫《ぜっきょう》……

気が狂《くる》いそうな恐怖《きょうふ》……

炸裂音《さくれつおん》……

終わった！　負傷《ふしょう》したか？

出ろ！　軍曹はもたもたとてこずったあげく、やっと出てきた。死者の上にしゃがんでいたのだ。

先へ……

13　断《だん》末《まつ》魔《ま》

総司令部の長官は仕事中だった。ぼくは会ってもらえるようになるまで隣《となり》の壕《ごう》で待っていろという指示《しじ》をうけた。

隣《となり》の壕《ごう》の天井《てんじょう》は、少なくとも四組の特別に頑丈《がんじょう》な木組みでできていた。居室《きょしつ》になっている場所へ行くまでに、しっかりした造《つく》りの管《くだ》のようなところをとおらなければならなかった。内部の壁《かべ》は荒塗《あらぬ》りさえしてある。ほんもののベッドもあれば、ロッカーもある。電灯まで点《つ》いていた。

机《つくえ》をはさんで二人の将校《しょうこう》がすわっていた——一人は入り口に背《せ》をむけて、もう一人は手前の将校で見えなくなっている向こうがわに。二人はぼくが入っていったことにも気づかないほどトランプに熱中していた。

ぼくは入ったところにあった安楽椅子《あんらくいす》に腰《こし》をおろして待った。時間つぶしに二人を観察した。

一ゲームが終わった。勝ったほうが負けたほうのしくじりを並《なら》べたてた。負けたほうは勝ったほうに、やっきになって弁解《べんかい》した。言い争いはどんどんはげしくなった。あげくのはてに、負けたほうが机の下から酒びんをとりだして二人のグラスについだ。二人はグラスをもちあげ、ひと息に飲《の》み干《ほ》した。そしてトランプを切って、また新たに始めた。

そのうちに、ぼくに背《せ》をむけている将校が肩章《けんしょう》をつけていないことに気がついた。

ふいに壕《ごう》の戸があいて、一等兵が入ってきた。ぼくにいいかげんな敬礼《けいれい》をし、そのまま姿勢《しせい》を正すこともせずに二人の方へ寄《よ》っていった。そしてトランプのようすをのぞきこみ、片手《かたて》をズボンのポケットにつっこんでごそごそなにかをさがしながら、いった。「準備完了《じゅんびかんりょう》です。荷物も詰《つ》めおわりました。」

「このゲーム、どうしても勝たなければならんのだ。」さきほどの敗者がそう答えた。そして、勝った。満足げにトランプを集めると、胸《むね》のポケットに押《お》し込《こ》んだ。酒びんをとって、もうひと口がぶりと飲んでから、向かいの将校にもすすめた。すすめられたほうの将校が断《ことわ》ったので、半分になった酒びんを一等兵にやった。「残りはきさまにやる！　飲め！」それから、両手で太ももをパンパンとたたき、説教壇口調《せっきょうだんくちょう》で讃美歌《さんびか》の一節でもうたうように、朗々《ろうろう》といった。

「いざ――われら、――もろともに――撤退《てったい》せん！」

二人の将校はやおら立ち上がって、うーんと伸《の》びをしてから、戸口へやってきた。二人とも、胸《むね》に十字架《じゅうじか》をかけていた。

戦場での戦時聖職者《せいしょくしゃ》を、ぼくは初めて見た。

＊

思いもかけず、彼らはふいに向こうからやってきた。

われわれは道をあけなければならなくなって、道端《みちばた》のすこし高くなったところにあがってよけた。そこから見はるかしても全員を視野《しや》に入れることはほとんどできない。

四人、または五人が並《なら》び、それが延々長蛇《えんえんちょうだ》の列になってぞろぞろとやってくる。汚《よご》れ、くしゃくしゃになった、――全員、縞《しま》の服を着た男たち。憔悴《しょうすい》しきった彼らの、右にも左にも銃《じゅう》をもった番兵が何人かずつついている。

道端《みちばた》にいるわれわれに気をとめるものは一人もいない。追い立てられて進むその男たちは、視線《しせん》をあげることすらできないほど疲《つか》れていた。

「なんだ、これは?」ぼくは従卒《じゅうそつ》に尋《たず》ねた。

従卒は肩《かた》をすくめた。そして、道へ降《お》り、番兵の一人のところへ行った。

「強制収容所《きょうせいしゅうようじょ》の移動《いどう》です。」もどってくると、そう報告《ほうこく》した。「この男たちがソ連軍の手に落ちないように、ということだそうです。」親指を立てて移動していく列を指《さ》し示《しめ》しながら、いった。

われわれの視線《しせん》は彼らの顔に吸《す》いよせられた。無表情《むひょうじょう》の、しなびた、飢餓状態《きがじょうたい》の顔……

「ひどいありさまだな。」ぼくはいった。

従卒はうなずいた。われわれはまだしばらく眺《なが》めていた。それから、囚人《しゅうじん》たちが西にむかって移動《いどう》しているその道の端《はし》に余地《よち》をさがして降《お》りた。

「しかし、まあ、おどろくことじゃないですね。」従卒が、唐突《とうとつ》にいいはじめた。

「なにがだ?」ぼくは尋ねた。

「強制収容所《きょうせいしゅうようじょ》のあいつらが、あんなにあわれなようすだということです。」

「どうしてだ?」

「んー、」従卒は答えた。「簡単《かんたん》な計算じゃないですか。われわれ兵隊は出動させられているんでしょう。それでいて一日の食糧《しょくりょう》といえば、軍用黒パン十分の一と五十グラムの馬肉ソーセージ。それっぽっちでは立っていることさえほとんどむりですよ。ところが、あいつら、」従卒《じゅうそつ》は後方を指さした。「あいつらは罰《ばつ》で収容所に入れられているんですからね。もっと少なくしかもらえないのは、当然すぎるほどのことじゃないですか。――あんなようすになったって、ちっともふしぎではないです！」

＊

大あわての移動《いどう》で、ぼくはもっていたものすべてをやむなく置き去りにした。それはもはや行進ではなかった。みんな、走った。最後の停泊地《ていはくち》にむかって、走った。兵たちは、痛《いた》む足、砂《すな》いっぱいの長靴《ちょうか》で、丸太道をつまずきつまずき走った。うめきつつも、休もうとするものは一人もいない。靴《くつ》の砂を出すこともしない。連絡船《れんらくせん》に乗り遅《おく》れてはたいへんだ！

港に到達《とうたつ》してみると、そこは見わたすこともできない船待ちの人の群《む》れだった。年とった男、女、子ども、軍人、懲役囚《ちょうえきしゅう》。

兵たちは不安と絶望《ぜつぼう》のあまり泣きだした。

われわれは、桟橋《さんばし》に見張《みは》りを立てておいて、学校の校舎《こうしゃ》を宿泊所《しゅくはくじょ》にした。

いつ船が来るかわからないので、ぼくは夜じゅう見張《みは》りのいるところと校舎とを行ったり来たりした。

見張りの兵は目をあけているのがようやっとというありさまだった。

だが、船は来なかった。

明け方、ぼくは横になった。たちまち眠《ねむ》りに落ちた。やがて夢《ゆめ》うつつでまわりのものがそっと起きたのに気づいた。歌声がして、やっとはっきり目が覚めた。

教室はからっぽだった。外は、陽《ひ》が照っていた。

目の前に伝令兵たちが立って、うたっていた。

歌が終わると、一人が進み出た。「少尉《しょうい》どのはなにもかもなくされましたので。」そういって、使いかけのハンカチをわたしてくれた。

つぎの伝令兵は、ひげそり石鹸《せっけん》の半分をくれた。

三人めは板チョコをひとかけら、プレゼントしてくれた。

それから、ぼくにお祝いをいった、二十歳《さい》の誕生日《たんじょうび》のお祝いを。

＊

雨が降《ふ》りつづいていた。

帽子《ぼうし》も、革《かわ》ジャンパーも、戦闘服《せんとうふく》も、乗馬ズボンも、長靴《ちょうか》の中の足布《あしぬの》(軍隊で靴下《くつした》のかわりに足に巻《ま》いた布・訳註)まで、すべてずぶぬれだった。

雨はなおも降りつづいた。

肩《かた》と肩、胸《むね》と背中《せなか》をくっつけて、雨のなかを、船首の甲板《かんぱん》の中央に立ってもう二晩《ばん》めだ。われわれ、すなわち六人の将校《しょうこう》と七十人の兵、わが師団《しだん》の生き残り。

雨はなおも降りつづいた。

甲板《かんぱん》には、老人や女や子どもが押《お》しあいへしあいしていた。船べりの手すりぎりぎりまで、上甲板《じょうかんぱん》の船室や、階段《かいだん》、階段の上の船橋《せんきょう》まで、びっしりだった。

雨はなおも降りつづいた。

船倉《せんそう》には、負傷者《ふしょうしゃ》と出産《しゅっさん》が始まったもの、死者と新生児が隣《となり》あって横たわっていた。開いたハッチから、雨が彼らの顔をたたいた。

そして、なおも雨は降《ふ》りつづいた。

船は元来貨物船だった。処女航海《しょじょこうかい》だった。未完成のまま出動を命じられてドックから出てきたのだ。救命《きゅうめい》ボートはなかった。救命具をもっているものも一人もいなかった。この大勢《おおぜい》の人間を収容《しゅうよう》できる場所は、もともとどこにもなかった。

そして、なおも雨は降りつづいた。

疲《つか》れはて、まわりの避難民《ひなんみん》にぎゅうぎゅう押《お》されて、われわれは互《たが》いにもたれあった。ほとんどのものが、もう何日もなにも口にしていなかった。失神《しっしん》してひざががくんと折れ、仲間にはさまれてぶらさがっているものもいた。

そして、なおも雨は降りつづいた。

「雨でよかったなあ！」隣《となり》の一人がいった。「この天気のおかげで、爆撃《ばくげき》からも魚雷《ぎょらい》からも守られてるんだぜ。」

そして、なおも雨は降りつづいた。

すると、別の一人がいった。「しかし、機雷《きらい》に触《ふ》れたら？」

用をたす必要に迫《せま》られた。

＊

便所は船べりの手すりぞいに仮小屋《かりごや》がつくられていた。ぼくはそちらへむかって少しずつ押《お》してみた。だが、すぐ隣《となり》にいるものすらぼくをとおすために動こうとはしない。

ぼくは動けないまま立っていた。

雨が降《ふ》りつづいていた。

けんめいにがまんしていたが、限界《げんかい》にきた。ぼくはもう一度、押してみた……

だめだ。

だれ一人、自分の場所をあけようとも、代わろうともしない。それどころか押されたと感じるやいなや、文句《もんく》をいい、ひじで押し、足を踏《ふ》みつける。

「ここですればいいじゃないですか。」隣《となり》のものが小声でいった。

ぼくは聞こえなかったふりをして、足を踏《ふ》みかえつづけ、空中をにらんだ。雨が目に入った。にぎりこぶしで尻《しり》を押さえ腰《こし》を押さえた。息をつめた……

「さっさと、糞《くそ》、たれてくださいよ。そして、じっとしててくださいよ！」後ろのものががみがみいった。

涙《なみだ》があふれでた。――そして、ぼくは剣帯《けんたい》をはずした。まわりに目をやって、失礼を詫《わ》びた。ジャンパーの下で、ズボンのボタンをはずした。

注意をはらうものは一人もいなかった。

ぼくはそろそろとズボンをおろした。そして、かがもうとした……

しかし、まわりのものは一ミリも動かない。目をつむったまま、ぼくがごそごそすることに文句《もんく》をいうばかりだ。

ぼくはぐるりから人に押されながら、なかば立ったままで用をたした。

彼らの長靴《ちょうか》の先ひとつ、わきへ寄《よ》ることはなかった。

とほうにくれて、まわりを見た。

「ほうっておけばいいです、少尉《しょうい》どの。」隣《となり》のものがなぐさめてくれた。「雨がもっていってくれますよ。」

*

夜が明けはじめた。雲が切れて、雨があがった。太陽が顔を出した。そうして、われわれの恐怖《きょうふ》が始まった。

甲板上《かんぱんじょう》の四千人、あるいは五千人もの人々が叫《さけ》びだした。恐怖の叫び、絶望《ぜつぼう》の叫び……

北から、海面すれすれに、始めはほんの点のように、そしてしだいに大きくなって、飛行機が一機、近づいてきた。われわれの船にむかってまっしぐらに飛んできたと思うと、高く舞《ま》い上がり――方向を変えた。

陸が見えてはじめて、みんなおちつきをとりもどした。

午前中かかって、船は輝《かがや》くばかりの空のもとを港にむかって走り、接岸《せつがん》した。

疲《つか》れはてた人々が降《お》りていき、甲板《かんぱん》は徐々《じょじょ》にからっぽになっていった。

われわれも、船を降りた。

ぼくは降りようとして、よろめいた。足がいうことをきかない。倉庫の壁《かべ》ぎわですべった。背中《せなか》でずるずると前進し、雨にぬれた敷石道《しきいしみち》にきて、止まった。

だが司令官は、宿舎《しゆくしや》をさがしに町へ行けという。

ぼくは港のなかをよろよろと歩いていった。

遮断機《しやだんき》の向こうがわに人垣《ひとがき》ができていた。あいだをとおりぬけることなど絶対《ぜったい》に不可能《ふかのう》なほど、びっしりと人が立っている。男も女も歯をくいしばり、ぼくをにらみつけている。その目は憎《にく》しみにあふれ、手は固くにぎりしめられている。

ぼくは、ためらいがちにその人の群《む》れに近づいていった。一歩ごとにぬれた長靴《ちようか》がきしむ。一歩ごとにまっ黒になってこわばった乗馬ズボンの繕《つくろ》ってあるひざがもちあがる。ふやけた革《かわ》ジャンパーから、なおも水がしたたりおちる。何日もそってない、伸《の》びほうだいのひげづら。

疲《つか》れ……

恐《おそ》ろしい人の群れまで、あと十歩だ……

のがれる道はない。

あと八歩、あと五歩……

と、老婆《ろうば》が一人、ぼくに突進《とつしん》してきた。指をいっぱいにひらいた両手をつきだしている。

ぼくはかがんだ。防《ふせ》ごうとして、腕《うで》を顔の前にあげた……

老婆《ろうば》はぼくの首をつかんだ。ぼくを抱《だ》きしめた。泣いた。かたことのドイツ語で、ぼくに大声でいった。「平和が来たんだよ!」

*

"There never was a good war or a bad peace."
(よい戦争も、わるい平和も、あったためしがない。)

ベンジャミン・フランクリン(一七〇六〜一七九〇)

訳者《やくしゃ》あとがき

一昨年の十二月初め、チューリヒでスイス児童図書研究所創立《そうりつ》二十五周年の記念シンポジウムがありました。食事の席でドイツからの著名《ちょめい》な研究者と隣《とな》り合《あ》わせ、いろいろ話しているうちに、リヒターの『あのころはフリードリヒがいた』に始まる三冊《さつ》の作品のことになりました。「リヒターはあの三冊を書いて、筆を折っている。あれはそういう作品なんだ」と、その人は言いました。この三冊めを訳《やく》しながら、私はくりかえしこの言葉を思い出していました。いま調べてみると、このあともまだ少し出てはいるようですが、それらは別のテーマの小品とか、編者《へんじゃ》としての出版物《しゅつぱんぶつ》のようです。あのとき、その研究者はさらにこう言いました。「リヒターは、作家としてたとえばこういう会合に出てくるということはほとんどない。私は一度会ったことがあるだけだ」と。そのシンポジウムがすんで帰国すると、留守中《るすちゅう》に届《とど》いた郵便物《ゆうびんぶつ》のなかに黒枠《くろわく》の手紙が一通ありました。リヒターさんがお亡《な》くなりになったというお嬢《じょう》さまからのものでした。

この春来日したドイツの子どもの本の研究者ヴィンフレッド・カミンスキーが、リヒターのこの三部作についておおよそ次のようなことを書いています。

戦後いく年もたたずに出た犠牲者《ぎせいしゃ》の手記である『アンネの日記』をはじめ、戦争で犠牲になった側《がわ》からの作品は、ドイツの作家たちに衝撃《しょうげき》を与《あた》えた。いちはやく筆をとったのがリヒターで、一九六一年には『あのころはフリードリヒがいた』を、翌《よく》一九六二年『ぼくたちもそこにいた』、つづいて一九六七年に『若《わか》い兵士のとき』の三部作を書いて、過去《かこ》をありのままに再《さい》現《げん》することを試みている。リヒターは自《みずか》らも加害者として加わったことを率直《そっちょく》に告白すると同時に、旗をふって賛成《さんせい》し協力した当時の子どもや若ものへの理解《りかい》を求めている。権力者《けんりょくしゃ》に対してはっきりと反対を唱《とな》える大人がほとんどいなかったから、ぼくたちはそれが正しいと信じていたのだと。

と言っても、リヒターのこの三部作は、ナチの犠牲《ぎせい》となったドイツ人の苦悩《くのう》を強調するのではなく、自分たちを「共に責任《せきにん》を負うもの」として自覚することを一人一人に迫《せま》るものとなっている。したがってこれは、それまでナチからの逃避《とうひ》、あるいはナチへの抵抗《ていこう》という視点《してん》がほとんどであったドイツ児童文学史に、重要なポイントをしるすものとなった。この三部作は、子どもとして経験《けいけん》したことと、あとで知ったこととの違《ちが》い、その幻滅《げんめつ》をとおして教えられたことから書かれた、一人の生《い》き証人《しょうにん》の報告《ほうこく》である。事実がどうであったか、可能《かのう》なかぎり事実に近づいて、それをそのまま書こうとするリヒターのこの企《くわだ》ては、歴史との関わりの、一つの、おそらく最も注目すべき一つのありかたであろう。

事実がどうであったかをありのままに、ということですが、この『若《わか》い兵士のとき』に書かれている一つ一つのエピソードを読んで、どんなことがリヒターの心に残っていたかということが私には非常《ひじょう》におもしろく感じられました。とくに、心に突《つ》きささった刺《とげ》のように痛《いた》みとなって残っていることとならんで、あの極限状態《きょくげんじょうたい》にありながら自《おの》ずからのユーモアがあふれているいくつかのエピソード。ケルン生まれの人には独特《どくとく》のユーモアがあってとても愉快《ゆかい》なのだということがよく言われますが、そればかりではないでしょう。こういう豊《ゆた》かな人間性《にんげんせい》があるからこそ、いっしょにやってしまったことの痛みも痛みとして持ちつづけ、それを容赦《ようしゃ》のない筆で書けたのだと思います。

リヒターはこの三冊《さつ》めでは、章立《しょうだ》てをぜんぜんしていません。原書は始めから終わりまで、エピソードとエピソードのあいだに＊を一つ入れてあるだけですが、それでは子どもの本として読みにくいので、無理が生じることを承知《しょうち》のうえで章分けをしてみました。リヒターがこの三冊めをこのようなスタイルにしたこと――とくに一つ一つのエピソードのこの短さ！――から、この後もう書かなかった、書けなかったリヒターの気持ちが伝わってくるようです。一冊めの『フリードリヒ』の場合のようにストーリーを立てて作品として構築《こうちく》する気持ちの余裕《よゆう》はもうなかったのだろうと思います。三冊それぞれのスタイルの違《ちが》いは、つまりは著者《ちょしゃ》とその事柄《ことがら》との距離《きょり》の違いではないでしょうか。

戦後五十年が過《す》ぎ去《さ》ろうとしている今、やっとこの三冊《さつ》を訳《やく》しおえました。辛《つら》い仕事でしたから、終わったらほっとするだろうと思っていましたのに、そんな気持ちにはなれません。それは、一冊めの『フリードリヒ』を訳したまま、あとの二冊を、何度か思い立ちながらも、三部作といってもスタイルがかなり違《ちが》っているからなどと理由をつけて先送りにしてきたことへの後悔《こうかい》、それから、リヒターがここまでリアルに描《えが》きだした人間というもの、それに圧倒《あっとう》されているからでしょう。今ふりかえって考えてみると、やはり私は逃《に》げていたと思います。ドイツの前大統領《ぜんだいとうりょう》ヴァイツゼッカーが言う、過去《かこ》に目を向けること、それにはどれほどの自覚と気力が必要かを思わないではいられません。もう一つ、私がほっとした気持ちになれないのは、こういう過去のことがいつまた現在《げんざい》になるかもしれないという不安がぬぐい去れないからでしょう。ヴァイツゼッカーは、過去に目を向けるのは未来のためだと言っています。その意味からも、どうか一人でも多くの方が読んでくださることを心から願っています。

一九九五年　秋

改版《かいはん》にあたって

昨夏の『ぼくたちもそこにいた』につづいて、この『若《わか》い兵士のとき』の改版《かいはん》が出ることになり、久しぶりに一行一行心に留《と》めて読みかえしました。この機会に、表現など直すべきところがないかと思ったからです。いくつか見つけて直しました。そういうことなので、努めて字句に留意《りゅうい》しながら読んだのですが、私の思いはともすれば内容に入りこんで追体験《ついたいけん》していました。

著者《ちょしゃ》リヒターさんが体験したナチス・ドイツ、その崩壊《ほうかい》の端緒《たんしょ》となった連合軍のノルマンディー上陸から六十年の昨年には、当地ノルマンディーで、戦争終結からちょうど六十年の今年には、つい先ごろモスクワで記念の式典があり、それぞれドイツからも首相《しゅしょう》が出席しました。敵味方に分かれて戦った国どうしの代表が一同に会《かい》して握手《あくしゅ》する、こんないいことはありません。リヒターさんは、この本ではヨーロッパのどこかから船で帰ったことになっていますが、実際は敗戦後シベリアに抑留《よくりゅう》されています。もしいまもお元気であのニュースを知ることができたら、さぞや感慨無量《かんがいむりょう》だったことでしょう。そう思いつつも心がいっこうに晴れないのは、世界中のあちこちで、今も火種《ひだね》がくすぶり続けているからでしょう。今もというより、ひところよりさらに激《はげ》しく。

一方、ここに書かれているような戦争の実態を大なり小なり知っている人は、もうごくわずかになりました。そして現在の戦争は、茶の間のテレビで観《み》ていると、ある意味で以前とはかなり様子が異《こと》なっているように見えます。けれども、いったん戦争になってその場に立たされれば人の心がどう変わるか、その渦中《かちゅう》にあって人間性を失わずにいることがどれほどむずかしいかは、同じことだと思います。そのことが、ここにみごとに描《えが》き出《だ》されています。しかも、作者自身の体験した事実に語らせるというかたちで。どうか一人でも多くの方がこれを手にとってくださるよう、心から希《ねが》っております。まず知ること、それが第一歩だと思うからです。

戦後六十年の二〇〇五年　夏

上田真而子《うえだまにこ》

訳者　上田真而子（1930-2017）
京都ドイツ文化センター勤務の後，児童文学の翻訳を始める。エンデ『はてしない物語』『ジム・ボタンの機関車大旅行』，リンザー『波紋』，シュピリ『ハイジ』，ザルテン『バンビ――森の，ある一生の物語』などの訳書がある。

若い兵士のとき　　岩波少年文庫 571

1995 年 11 月 8 日　第 1 刷発行
2005 年 7 月 15 日　新版第 1 刷発行
2020 年 5 月 15 日　新版第 2 刷発行

訳　者　上田真而子《うえだまにこ》

発行者　岡本　厚

発行所　株式会社　岩波書店
〒101-8002 東京都千代田区一ツ橋 2-5-5
電話案内 03-5210-4000
https://www.iwanami.co.jp/

印刷・製本・法令印刷　カバー・半七印刷

ISBN 4-00-114571-5　　Printed in Japan
NDC 943　246 p.　18 cm

岩波少年文庫創刊五十年――新版の発足に際して

心躍る辺境の冒険、海賊たちの不気味な唄、垣間みる大人の世界への不安、魔法使いの老婆が棲む深い森、無垢の少年たちの友情と別離……幼少期の読書の記憶の断片は、個個人のその後の人生のさまざまな局面で、あるときは勇気と励ましを与え、またあるときは孤独への慰めともなり、意識の深層に蔵され、原風景として消えることがない。

岩波少年文庫は、今を去る五十年前、敗戦の廃墟からたちあがろうとする子どもたちに海外の児童文学の名作を原作の香り豊かな平明正確な翻訳として提供する目的で創刊された。幸いにして、新しい文化を渇望する若い人びとをはじめ両親や教育者たちの広範な支持を得ることができ、三代にわたって読み継がれ、刊行点数も三百点を超えた。

時は移り、日本の子どもたちをとりまく環境は激変した。自然は荒廃し、物質的な豊かさを追い求めた経済の成長は子どもの精神世界を分断し、学校も家庭も変貌を余儀なくされた。いまや教育の無力さえ声高に叫ばれる風潮であり、多様な新しいメディアの出現も、かえって子どもたちを読書の楽しみから遠ざける要素となっている。

しかし、そのような時代であるからこそ、歳月を経てなおその価値を減ぜず、国境を越えて人びとの生きる糧となってきた書物に若い世代がふれることは、彼らが広い視野を獲得し、新しい時代を拓いてゆくために必須の条件であろう。ここに装いを新たに発足する岩波少年文庫は、創刊以来の方針を堅持しつつ、新しい海外の作品にも目を配るとともに、既存の翻訳を見直し、さらに、美しい現代の日本語で書かれた文学作品や科学物語、ヒューマン・ドキュメントにいたる、読みやすいすぐれた著作も幅広く収録してゆきたいと考えている。

幼いころからの読書体験の蓄積が長じて豊かな精神世界の形成をうながすとはいえ、読書は意識して習得すべき生活技術の一つでもある。岩波少年文庫は、その第一歩を発見するために、子どもとかつて子どもだったすべての人びとにひらかれた書物の宝庫となることをめざしている。

（二〇〇〇年六月）

岩波少年文庫

049 少年の魔法のつのぶえ—ドイツのわらべうた
ブレンターノ、アルニム編
矢川澄子、池田香代子訳

050 クローディアの秘密
084 魔女ジェニファとわたし
140 ベーグル・チームの作戦
149 ぼくと〈ジョージ〉
カニグズバーグ作／松永ふみ子訳

051 ティーパーティーの謎
056 エリコの丘から
061 800番への旅
カニグズバーグ作
金原瑞人、小島希里訳

052 風にのってきたメアリー・ポピンズ
053 帰ってきたメアリー・ポピンズ

054 とびらをあけるメアリー・ポピンズ
055 公園のメアリー・ポピンズ
トラヴァース作／林 容吉訳

057 わらしべ長者—日本民話選
木下順二作／赤羽末吉画

058・9 ホビットの冒険 上下
トールキン作／瀬田貞二訳

062 床下の小人たち
063 野に出た小人たち
064 川をくだる小人たち
065 空をとぶ小人たち
ノートン作／林 容吉訳

066 小人たちの新しい家
076 空とぶベッドと魔法のほうき
ノートン作／猪熊葉子訳

067 人形の家
ゴッデン作／瀬田貞二訳

068 よりぬきマザーグース
谷川俊太郎訳／鷲津名都江編

069 木はえらい—イギリス子ども詩集
谷川俊太郎、川崎 洋編訳

070 ぽっぺん先生の日曜日
071 ぽっぺん先生と帰らずの沼
100 ぽっぺん先生と笑うカモメ号
146 雨の動物園—私の博物誌
舟崎克彦作

072 森は生きている
マルシャーク作／湯浅芳子訳

073 ピーター・パン
J・M・バリ作／厨川圭子訳

▷書名の上の番号：001～ 小学生から，501～ 中学生から

岩波少年文庫

075 クルミわりとネズミの王さま　ホフマン作／上田真而子訳
077 ピノッキオの冒険　コッローディ作／杉浦明平訳
078 肥後の石工
132 浦上の旅人たち　今西祐行作
081 クジラがクジラになったわけ　テッド・ヒューズ作／河野一郎訳
082 ムギと王さま—本の小べや1
083 天国を出ていく—本の小べや2　ファージョン作／石井桃子訳
086 ぼくがぼくであること　山中 恒作
088 ほんとうの空色　バラージュ作／徳永康元訳
089 ネギをうえた人—朝鮮民話選　金素雲編

090・1 アラビアン・ナイト 上下　ディクソン編／中野好夫訳
093・4 トム・ソーヤーの冒険 上下　マーク・トウェイン作／石井桃子訳
095 マリアンヌの夢　キャサリン・ストー作／猪熊葉子訳
096 けものたちのないしょ話—中国民話選　君島久子編訳
097 あしながおじさん　ウェブスター作／谷口由美子訳
098 ごんぎつね　新美南吉作
099 たのしい川べ　ケネス・グレーアム作／石井桃子訳
101 みどりのゆび　ドリュオン作／安東次男訳
102 少女ポリアンナ

103 ポリアンナの青春　エリナー・ポーター作／谷口由美子訳
143 ぼく、デイヴィッド　エリナー・ポーター作／中村妙子訳
104 月曜日に来たふしぎな子　ジェイムズ・リーブズ作／神宮輝夫訳
106・7 ハ イ ジ 上下　シュピリ作／上田真而子訳
108 お姫さまとゴブリンの物語
109 カーディとお姫さまの物語
133 かるいお姫さま
227・8 北風のうしろの国 上下　マクドナルド作／脇 明子訳
110・1 思い出のマーニー 上下　ロビンソン作／松野正子訳

▷書名の上の番号：001〜 小学生から，501〜 中学生から

岩波少年文庫

154 シュトッフェルの飛行船
エーリカ・マン作／若松宣子訳

155 オタバリの少年探偵たち
セシル・デイ=ルイス作／脇　明子訳

156・7 ふたごの兄弟の物語 上下
214・5 七つのわかれ道の秘密 上下
トンケ・ドラフト作／西村由美訳

158 マルコヴァルドさんの四季
カルヴィーノ作／関口英子訳

159 ふくろ小路一番地
ガーネット作／石井桃子訳

160 指ぬきの夏
201 土曜日はお楽しみ
エンライト作／谷口由美子訳

161 黒ねこの王子カーボネル
バーバラ・スレイ作／山本まつよ訳

164 ふしぎなオルガン
レアンダー作／国松孝二訳

165 りこうすぎた王子
ラング作／福本友美子訳

166 青矢号 おもちゃの夜行列車
200 チポリーノの冒険
213 兵士のハーモニカ
—ロダーリ童話集
ロダーリ作／関口英子訳

〈アーミテージ一家のお話1〜3〉
167 おとなりさんは魔女
168 ねむれなければ木にのぼれ

169 ゾウになった赤ちゃん
エイキン作／猪熊葉子訳

〈ランサム・サーガ〉
170・1 ツバメ号とアマゾン号 上下
172・3 ツバメの谷 上下
174・5 ヤマネコ号の冒険 上下
176・7 長い冬休み 上下
178・9 オオバンクラブ物語 上下
180・1 ツバメ号の伝書バト 上下
182・3 海へ出るつもりじゃなかった 上下
184・5 ひみつの海 上下
186・7 六人の探偵たち 上下
188・9 女海賊の島 上下
190・1 スカラブ号の夏休み 上下
192・3 シロクマ号となぞの鳥 上下
ランサム作／神宮輝夫訳

▷書名の上の番号：001〜 小学生から，501〜 中学生から

岩波少年文庫

▷書名の上の番号：001〜 小学生から，501〜 中学生から

ナルニア国ものがたり

全7巻

C. S. ルイス作　瀬田貞二訳

人間の世界とはまったく異なる空想上の国ナルニア。その誕生から滅亡までを、その折々に偶然にナルニア国にやってきた子どもたちの冒険を通して、空想力豊かに描く壮大なファンタジー。

（小学4・5年以上）

ライオンと魔女
カスピアン王子のつのぶえ
朝びらき丸 東の海へ
銀のいす
馬と少年
魔術師のおい
さいごの戦い

少年文庫・小B6判・並製

A5判変型・上製・口絵一丁

このほかに、**カラー版**があります。